wtv

Mit freundlicher Genehmigung des
Hans Bold Literaturverlages

Volker Ebersbach

Andreas Siekmann

ANEKDOTEN ÜBER GOETHE UND SCHILLER

wtv

© Originalausgaben
Hans Boldt Literaturverlag GmbH
Ein geborenen Genießer: Goethe Anekdoten,
ausgewählt von Volker Ebersbach, 1998
Ein wunderlich großer Mensch: Schiller Anekdoten,
ausgewählt von Andreas Siekmann, 1999

Volker Ebersbach
Andreas Siekmann

ANEKDOTEN ÜBER GOETHE UND SCHILLER

ISBN 3-937939-12-1

w*t*v ist ein Imprint der
ReiseArt® Verlagsgruppe GmbH
Schillerstraße 17, 99423 Weimar
Tel.: +49 (0)3643 811710
Fax: +49 (0)3643 811719
info@reiseart.com
www.reiseart.com

Layout/Satz: MEDIENSERVICE MATHIAS KARGE, Erfurt; mathias@karge.com

Herstellung: Media Kontor Stuttgart GmbH

Alle Titel des Weimarer Taschenbuch Verlags werden in „Walbaum“ gesetzt, als Reminiszenz an den bedeutenden Weimarer Drucker und Schriftsetzer Walbaum.

Die Idee zum Titelfoto und deren Realistion
stammt vom Weimarer Fotografen Harald Wenzel-Orf

gedruckt in Österreich
Friedrich VDV, Linz

INHALT

ANEKDOTEN ÜBER GOETHE

ANEKDOTEN ÜBER SCHILLER

Scherenschnitt J.W. Goethe
in Kavalierstracht um 1780

FRANKFURT

1. Ein geborener Genießer

Als Goethe auf diese Welt kam, wollte sie ihm gar nicht behagen. Bettina erfuhr von seiner Mutter, dunkel angelaufen sei er gewesen und habe kein Lebenszeichen von sich gegeben. Man hielt das Kind für tot, erzählt er selbst in „Dichtung und Wahrheit“. Erst als man es in einen „Fleischarden“ legte, einen hölzernen Trog, in dem sonst Fleisch aufbewahrt wurde, und ihm die Brust über dem Herzen mit Wein einrieb, schlug er die Augen auf.

2. Der kleine Ästhet

Als Kind schon war er wählerisch im Umgang. Bettina will erfahren haben, daß er in einer Gesellschaft unvermittelt in Tränen ausgebrochen sei. Das häßliche Kind da könne er nicht leiden, habe er, nach der Ursache befragt, geschrien, es solle hinaus!

3. Ein Ohrenschmaus

Zum Topfmarkt pflegte sich das Haus am Hirschgraben mit neuem Geschirr zu versorgen, und auch die Kinder bekamen kleine Teller und Töpfe zum Spielen. In „Dichtung und Wahrheit“ erzählt Goethe, wie er sich nachmittags in dem ruhigen Haus allmählich damit gelangweilt habe: „Da weiter nichts dabei herauskommen wollte, warf ich ein Geschirr auf die Straße und freute mich, daß es so lustig zerbrach.“

Auch den Nachbarskindern von Ochsenstein gefiel das. Sie riefen: „Noch mehr!“ Mit solchem Publikum wuchs natürlich das Vergnügen, und Wolfgang wiederholte den Ohrenschmaus, und der Beifall lautete: „Noch mehr!“ – bis alle Schüsselchen, Tiegelchen und Kännchen zerbrochen auf dem Straßenpflaster lagen. Da die kleinen Nachbarn gern noch mehr sehen und hören wollten und weiter „Noch mehr!“ riefen, gab es für den Jungen nur einen Weg: In die Küche. Der neue Vorrat an großem Küchengeschirr verschaffte den Zuschauern und auch dem Akteur selber noch größeren Genuß. So flog, was den kleinen Armen auf dem Topfbrett erreichbar war und die Händchen erschleppen konnten, zum Fenster hinaus. Ein Vorübergehender endlich fand die Aufführung durchaus nicht so hinreißend und machte ihr ein Ende.

4. Griff nach den Sternen

Man sprach in der Familie Goethe des öfteren davon, die Planeten Jupiter und Venus hätten den Knaben bei seiner Geburt freundlich angesehen. Schon mit sieben Jahren betrachtete der Junge den Sternenhimmel gern. Auf dem Zahlbrett seines Vaters legte er die glückverheißende Konstellation mit Pfennigen nach, wie sie ihm gezeigt worden war, und damit ihre Wirkung auf sein Werden ja nicht nachlasse, nahm er das Modell mit an sein Bett. Immer wieder fragte er seine Mutter, ob die Sterne wohl auch halten würden, was sie versprochen hätten. „Nicht wahr, die Sterne werden mich doch nicht vergessen?“ Die Mutter versuchte den astrologischen Eifer zu dämpfen. Sie warnte ihn, den Beistand der Sterne könne man durchaus nicht erzwingen. „Andere Leute“, sagte sie, „müssen doch auch ohne sie fertigwerden!“

„Mit dem“, antwortete Wolfgang, „was anderen Leuten genügt, kann ich mich nicht begnügen!“

5. Autodafé

Goethe war, wie er berichtet, noch keine zehn Jahre alt, da sah er zu, wie nach damaligem Brauch ein französischer Roman, der den Stadtoberen gegen Sitte und Religion zu verstoßen schien, von Henkershand verbrannt wurde. Der Anblick war ihm, gerade weil die Strafe an etwas Leblosem vollstreckt wurde, fürchterlich. Doch er genoß es auch, wie sich das Buch den Flammen widersetzte, wie man das aneinander haftende Papier mit Ofengabeln auflockerte, damit das Feuer besser hineingriffe, wie dabei einzelne Blätter, halb verbrannt, in die Luft und unter die Zuschauer flogen, die gierig danach haschten, so daß der verbotene Autor mehr Leser fand, als er mit eigenem Bemühen hätte erreichen können.

6. Ein Anfang

Die Mutter hatte Besuch. Man schaute aus dem Fenster und sah die Kinder aus der Schule kommen. Wolfgang war von weitem schon daran zu erkennen, wie gerade und gravitätisch er in der Schar einherschritt, und als er eintrat, wurde ihm das gesagt. „Das ist erst der Anfang“, erwiderte er. „Später wird man mich noch an ganz anderem erkennen!“

7. Der gerissene Lehrer

Daß Wolfgang mit seiner Schwester Klavierstunden nehmen sollte, war beschlossen. Um einen geeigneten Lehrer waren die Eltern jedoch verlegen. Da wollte es der Zufall, daß er einen seiner Freunde besuchte, als dessen Klavierstunde noch nicht zu Ende war. Einen solchen Lehrer hatte er noch nie gehört! Jeden Finger der rechten wie der linken Hand rief er bei einem Spitznamen. Auch von den weißen und schwarzen Tasten hatte jede ihre bildhafte Bezeichnung, und selbst für die Namen der Töne gab es anschauliche Abwandlungen. Der Däumerling schlug das Fakchen und der Deuterling das Gakchen, der Krabler gehörte aufs Fiekchen und der Zabler aufs Giekchen. Seinen Freund fand Wolfgang darum auch bestens gelaunt bei der Sache.

Zu Hause erzählte er der Schwester, was er erlebt hatte. Die beiden konnten es kaum noch erwarten, daß der Klavierunterricht endlich beginne, und hatten, was die strittige Lehrerfrage betraf, selbst einen ernstzunehmenden Vorschlag.

Der Mann wurde angenommen. Daß es in den Anfangsgründen, beim Notenlesen, nicht lustig zuging, nahmen die Kinder noch hoffnungsvoll hin. Doch als die Tastatur und der Fingersatz an die Reihe kamen, blieb die Unterweisung so trocken wie das Papier, die Noten und ihre Linien. Kein Goldfinger wurde gerufen, keinen Deuterling und keinen Däumerling gab es, und zu den erwartungsvollen Gesichtern der Schüler verzog der Lehrer keine Miene. Cornelia begann zu murren und machte dem Bruder Vorwürfe, er habe sie getäuscht und sich alles nur selber ausgedacht. Aber Wolfgang fand sich selbst vor einem Rätsel und vertröstete die Schwester von einer Stunde zur andern.

Da traf es sich, daß ein Freund die Geschwister besuchte, als der Klavierlehrer noch mit ihnen beschäftigt war. Plötzlich wurde wieder nach Däumerlingen und Deuterlingen gerufen, der Krabler folgte dem Zabler, die Noten f und g waren wieder Fakchen und Gakchen, fis und gis hörten auf Fiekchen und Giekchen – und der Freund kam nicht aus dem Lachen heraus. „Er schwur," schließt Goethe in „Dichtung und Wahrheit", „daß er seinen Eltern keine Ruhe lassen würde, bis sie ihm einen solchen vortrefflichen Mann zum Lehrer gegeben."

LEIPZIG

8. Letzter Wink eines anderen Zeitalters

Goethe erreichte als Student in Leipzig mit Studienfreunden noch eine Audienz bei Johann Christoph Gottsched in dessen letztem Lebensjahr 1766. Die Begegnung mit der gefürchteten Autorität der Poetik und der Literaturkritik verlief wie der letzte Wink eines anderen Zeitalters. Im „Goldenen Bären“ empfing sie der Bediente. Er führte sie in einen großen Raum und sagte, der Herr werde gleich kommen. Dazu machte er eine sonderbare Gebärde, als sollten die Gäste in das benachbarte Zimmer treten. Dann, heißt es in „Dichtung und Wahrheit“, „trat Gottsched, der große, breite, riesenhafte Mann, in einem gründamastnen, mit rotem Taft gefütterten Schlafrock zur entgegengesetzten Tür herein; aber sein ungeheures Haupt war kahl und ohne Bedeckung. Dafür sollte jedoch sogleich gesorgt sein: denn der Bediente sprang mit einer großen Allongeperücke auf der Hand (die Locken fielen bis an den Ellenbogen) zu einer Seitentüre herein und reichte den Hauptschmuck seinem Herrn mit erschrockner Gebärde. Gottsched, ohne den mindesten Verdruß zu äußern, hob mit der linken Hand die Perücke vom Arme des Dieners, und indem er sie sehr geschickt auf den Kopf schwang, gab er mit seiner rechten Tatze dem armen Menschen eine Ohrfeige, so daß dieser, wie es im Lustspiel zu geschehen pflegt, sich zur Tür hinauswirbelte, worauf der ansehnliche Altvater uns ganz gravitätisch zu sitzen nötigte und einen ziemlich langen Diskurs mit gutem Anstand durchführte.“

9. Kunstgriff

In Leipzig nahm Goethe Zeichenunterricht bei Adam Friedrich Oeser. Oesers Art zu loben oder zu tadeln war mitunter so lakonisch, daß der Sinn mancher Korrektur nicht sofort klar wurde. Goethe hatte einen Blumenstrauß ganz vorschriftsmäßig mit schwarzer und weißer Kreide auf blaues Papier gebracht, bemühte sich aber, durch Wischen und Schraffieren noch einige Effekte zu erzielen, bis der blaue Grund völlig bedeckt war. Oeser trat hinter ihn, sagte nichts als: „Mehr Papier!" und entfernte sich.

10. Mißglückte Liebeslist

Der Leipziger Jurastudent verliebte sich in eine Wirtstochter, die einen sehr sprechenden Namen hatte: Anna Katharina Schönkopf. Sie aber wußte sich rar zu machen, was sich bei einem stürmisch werbenden Liebhaber, selbst wenn man geneigt ist, empfiehlt. An einem Sonntag fand er sie nicht zu Hause. Vergeblich suchte er nach einem Vorwand, bei Obermanns zu erscheinen, wohin Kätchen gegangen war. Stattdessen ging er zu Breitkopfs. Mit Constanze Breitkopf allerdings wurde ihm die Zeit lang, und so fragte er sie, ob sie nicht in einem Billett, das er sofort überbringen würde, Mamsell Obermann wegen der Proben zu einer Liebhaberaufführung von Lessings „Minna von Barnhelm" etwas mitzuteilen hätte. Doch Constanze hatte nichts auszurichten. Da fing er an, sie zu bitten und zu drängen, bis sie ein paar Zeilen schrieb und sie ihm gab.

Er flog geradezu davon. Die Adressatin öffnete das Briefchen und las. Aber was las sie! Die Absenderin verbreitete sich darüber, was die Mannspersonen doch für seltsam wankelmütige Geschöpfe seien. Kaum sei der Herr Goethe bei ihr, lasse er spüren, daß er Mamsell Obermanns Gesellschaft vorziehe. Nur darum habe sie diese Zeilen verfassen müssen.

Sie verstand nicht recht, was das bedeuten sollte. Kätchen allerdings, die mitgelesen hatte, dachte sich ihr Teil, und anstatt sich über das Kommen ihres Verehrers zu freuen, behandelte sie ihn so kalt, daß selbst die Gastgeber sich wunderten.

Die Woche hatte für den Verliebten schlecht begonnen. Eine Art Nervenfieber hielt ihn zu Hause. Aber Kätchen, statt besorgt nach ihm zu fragen, ging, wie er auskundschaftete, ins Theater. Der Liebeskranke schleppte sich hin, fand ihre Loge und – sah sie neben ihrer Mutter sitzen. Doch hinter ihrem Stuhl erkannte er in einer sehr zärtlichen Stellung einen anderen Verehrer.

11. Das längere Gedächtnis

Später wollte Goethe nicht mehr wahrhaben, daß er auch mit Constanze Breitkopf einen kleinen Liebeshandel unterhalten hatte. Aber Marie Stock wußte noch, daß sie auf der Treppe hatte sitzen und Wache halten müssen, um dem Pärchen, das auf dem Oberboden an einem alten, verstimmten Spinett zärtliche Duette sang, jede Störung anzukündigen. Goethe staunte: „Sie haben ja ein verfluchtes Gedächtnis!“

12. Bombenfest

Von Leipzig aus besuchte Goethe 1768 die kursächsische Residenz Dresden, um ihre Kunstschätze zu sehen. Nachdem er den Dirketor Christian Ludwig von Hagedorn mit Worten des Wohlgefallens besonders über Gemälde aus dessen eigener Sammlung glücklich gemacht hatte, stimmte ihn der Anblick der Straßen, in denen noch die acht Jahre zurückliegenden Zerstörungen des Siebenjährigen Krieges zu sehen waren, sehr traurig. Der Schutt in der Mohrenstraße und der geborstene Turm der Kreuzkirche blieben ihm in düsterer Erinnerung. Die Kuppel der Frauenkirche allerdings, die er bestieg, um den Rundblick über die Stadt zu genießen, rühmte ihm der Küster, der ihn hinaufgeführt hatte, als „bombenfest“.

STRASSBURG

13. Böses Omen

Als Goethe 1770 sein Studium in Straßburg fortsetzte, bot sich ihm eine seltene Sensation. Auf einer Insel im Rhein, genau auf der Grenze zwischen französischem und deutschem Gebiet, war ein kleines Gebäude errichtet worden, in dem die Abgesandten des Dauphins von Frankreich seine Braut, die Erzherzogin von Österreich, empfangen sollten. Bei einer Besichtigung der Räumlichkeiten fielen ihm im Hauptsaal Wandteppiche auf, die nach Gemälden französischer Maler gewirkt worden waren, und über die dargestellten mythischen Szenen verfiel er in eine tiefe Bestürzung: Man sah Jason, wie er, um das Goldene Vlies zu erlangen, zwei feuerschnaubende Stiere bändigte und mit ihnen ein Feld pflügte, und Medea, die Tochter des Königs Aietes, die ihn mit seiner Zaubersalbe dafür unverwundbar gemacht hatte, so daß er ihr die Ehe versprach. Man sah Kreusa, die Jason dann der Medea vorzog, und wie Medea ihr ein mit tödlichem Gift getränktes Brautkleid schenkte. Und man sah, wie Medea, nachdem sie ihre und Jasons Kinder umgebracht hatte, gleich einer Furie auf einem Drachenwagen in die Lüfte fuhr.

Niemand schien das Unpassende daran zu bemerken, daß hier eine der verhängnisvollsten Hochzeiten der griechischen Sagenwelt ein Verlöbnis schmücken sollte. Goethe empörte sich laut über die Gedankenlosigkeit der Dekorateure, die nur die Pracht ihres Arrangements im Kopf hatten und nicht den Inhalt der Bilder.

Vielleicht erinnerte sich von den Umstehenden der eine oder andere 1793 an die Entrüstung des Studenten, als Ludwig XVI. und Marie Antoinette, jenes Brautpaar von 1770, unter die Guillotine kamen.

14. Goethe in Paris!

Goethe und seine Freunde hatten es sich angewöhnt, einander von Zeit zu Zeit ein wenig zu verulken. In einer Laune datierte nun der Straßburger Student einen Brief aus Versailles, nicht ohne dem Adressaten über diesen erfundenen Aufenthaltsort strengstes Stillschweigen aufzuerlegen, und genoß es im voraus, daß es im Nu herumsein würde: Goethe in Paris! Zur selben Zeit geschah in Paris bei einem Feuerwerk, mit dem die Hochzeit des Dauphin mit Marie Antoinette gefeiert wurde, ein Unglück, das mehrere Menschenleben forderte. Goethe hatte nun tatsächlich eine kleine Reise angetreten, schrieb aber niemandem. Alle Welt sorgte sich um ihn. Als er zurückkehrte, hatte er seinen Spaß schon vergessen. Es wunderte ihn sehr, wie besorgt man um ihn gewesen war. Und er schwor sich, den Spaß nie wieder so weit zu treiben. – Paris hat er in seinem ganzen Leben nie gesehen.

15. Wie man sich empfiehlt

Durch Johann Daniel Salzmann bekam Goethe Zutritt zu Straßburger Kreisen, die besonders im Sommer in ihren Gärten gute Gesellschaft versammelten. Als man sich nach Spiel und Unterhaltung zu

Tisch begab, bemerkte er an der Gastgeberin, die mit ihrer Schwester etwas beredete, eine peinliche Verlegenheit. Behutsam fragte er nach dem Grund und bot Rat oder Abhilfe an.

Es wären zwölf Personen geladen, erfuhr er, doch soeben sei noch ein Verwandter unverhofft von einer Reise zurückgekehrt, so daß er sich nun, was man für jeden anderen in der Gesellschaft hatte vermeiden wollen, als Dreizehnter ansehen und für sich Unglück befürchten müsse.

Sofort war Goethe bereit, sich zu entfernen, freilich nicht ohne die Bemerkung, daß er sich eine Entschädigung vorbehalte. Doch das wollte die Hausherrin keinesfalls zulassen. Sie schickte einen Bediensteten aus, in der Nachbarschaft einen vierzehnten Gast aufzutreiben. Der allerdings kehrte unverrichteterdinge zurück. Da schlich sich Goethe, der sich auch allein ganz gut einen schönen Abend zu machen vermochte, davon, und er war in der Familie, die er gerade erst zum zweiten Mal besucht hatte, fortan ein um so lieber gesehener Gast.

16. Ein vergeßlicher Genießer

Ein kauziger Hauptmann, mit dem Goethe durch Straßburg ging, erwehrte sich einer zudringlichen Bettlerin schroff: „Pack dich, alte Hexe!“

Die Alte war nicht aufs Maul gefallen und rief dem Grobian hinterher: „Wenn dir das Alter keinen Spaß macht, hättst du dich besser in der Jugend hängen lassen!“

Das riß den Haudegen herum: „Hängen lassen? Das wäre nicht gegangen, dazu war ich zu brav! Mich selber aufhängen hätte ich sollen. Hätte ich doch einen Schuß Pulver auf mich verwendet, statt nun zu erleben, daß ich keinen Schuß Pulver mehr wert bin! Du hast wahr gesprochen, und dafür sollst du belohnt werden.“ Damit gab er ihr eine Silbermünze.

Sie suchten hinter der ersten Rheinbrücke ein Wirtshaus und hatten im Weitergehen noch nicht ihr Gesprächsthema wiedergefunden, da kam ihnen ein sehr hübsches Mädchen entgegen, blieb stehen, verneigte sich vor dem Hauptmann mit der Frage: „Ei, ei, Herr Hauptmann, wohin?“

„Mademoiselle, ich weiß nicht ...“

„Vergessen Sie Ihre Freunde so bald?“

Der Alte wurde über das Wort „vergessen“ fast ärgerlich und wiederholte. „Wirklich, Mademoiselle, ich wüßte nicht!“

Da lachte sie: „Nehmen Sie sich in acht, Herr Hauptmann, sonst bin beim nächstenmal ich es, die Sie nicht kennt!“

Das gab dem Hauptmann zu denken. Und wie er sie mit starkem Schritt fortgehen sah, schlug er sich beide Fäuste an den Kopf: „O Ich alter Esel! Wie sehr hatte die alte Vettel recht, mich zu verwünschen! Mit der schäkere ich immer noch, weil ich vor dreißig Jahren mal was mit ihr hatte. Es gäbe keinen Undank ohne die Vergeßlichkeit! Das hübsche junge Mädchen hab ich vor nicht mal vier Wochen gehabt und hätte es beinahe vergessen.“

17. Geiz

In Sesenheim bei Straßburg, wo der Student Goethe oft die Pfarrerstochter Friederike Brion besuchte, war es bei den jungen Burschen Brauch, im November hinter der Kirche ein Feuer zu entfachen und über die Flammen zu springen. Goethe entdeckte unter den Umstehenden ein paar Bäuerinnen, deren Strohhüte sichtlich ausgedient hatten und den nächsten Sommer kaum noch überstehen konnten. Er rief einem Bauern zu, auch diese Hüte ins Feuer zu werfen. Fünf Hüte flogen nacheinander in die auflodernden Flammen, doch die sechste Bäuerin wollte ihr gutes Stück unter keinen Umständen hergeben.

Goethe öffnete, als hätte er das ohnehin vorgehabt, seinen Geldbeutel und gab jeder der fünf Bäuerinnen, deren Hüte in die Asche sanken, zwei Taler. So viel Geld für diese Ruinen! staunte man ringsum. Die sechste Bäuerin nahm ihren Strohhut ab und winkte dem freigebigen Mann. Doch der sah nicht hin. Sie warf ihren Hut weit ausholend ins Feuer, so daß alle es sahen, nur – Goethe achtete nicht darauf, und sie erntete nichts als den Spott des ganzen Dorfes.

18. Ein berühmter Ankömmling

Johann Gottfried Herder, in der literarischen Welt bereits eine Berühmtheit, kam 1770 als Begleiter des Prinzen von Holstein-Eutin nach Straßburg. Goethe wäre nur zu gern mit ihm persönlich bekanntgeworden, wußte aber nicht, wie. In „Dichtung und Wahrheit" erzählt er, wie er in den Gasthof „Zum Geist" kam, um jemanden zu besuchen. „Gleich unten an der Treppe", heißt es, „fand ich einen Mann, der eben auch hinaufzusteigen im Begriff war und den ich für einen Geistlichen halten konnte. Sein gepudertes Haar war in eine Locke aufgesteckt, das schwarze

Kleid bezeichnete ihn gleichfalls, mehr noch aber ein langer schwarzer seidener Mantel, dessen Ende er zusammengenommen in die Tasche gesteckt hatte. Dieses einigermaßen auffallende, aber doch im ganzen galante und gefällige Wesen, wovon ich schon hatte sprechen hören, ließ mich keineswegs zweifeln, daß er der berühmte Ankömmling sei, und meine Anrede mußte ihn sogleich überzeugen, daß ich ihn kenne. Er fragte nach meinem Namen, der ihm von keiner Bedeutung sein konnte; allein meine Offenheit schien ihm zu gefallen, indem er sie mit großer Freundlichkeit erwiderte und, als wir die Treppe hinaufstiegen, sich sogleich zu einer lebhaften Mitteilung bereit finden ließ. Es ist mir entfallen, wen wir damals besuchten ..."

19. Bibliophiles

Herder bewunderte, als er Goethe besuchte, auf dem Bücherbrett des Studenten eine Reihe sehr schöner Ausgaben aus der väterlichen Sammlung, bemerkte aber an der Ordnung gleich, daß der Besitzer dieser Schätze wohl mehr den schönen Anblick genoß und es, was die Benutzung anging, nur beim guten Willen bleiben ließ. Kurz darauf erhielt Goethe von Herder ein Briefchen in Versen, das mit den Worten endete: „Der von den Göttern du stammst, von Goten oder vom Kote, Goethe, sende mir sie."

Es berührte den Empfänger zwar unangenehm, daß Herder sich mit seinem Namen einen Spaß erlaubte. „Denn der Eigenname eines Menschen", heißt es in „Dichtung und Wahrheit", „ist nicht etwa wie ein Mantel, der bloß um ihn her hängt und an dem man allenfalls noch zupfen und zerren kann, sondern ein vollkommen passendes Kleid, ja wie die Haut selbst ihm über und über angewachsen, an der man nicht schaben und schinden darf, ohne ihn selbst zu verletzten." Doch es lag für ihn auch auf der Hand, daß Herder Büchern darum so starke Beachtung schenkte, weil sie ihm meist fehlten, so daß es ihm ein Dorn im Augen sein mußte, wenn einer mit Büchern prunkte.

20. Intuition

In einem Landhaus mit Blick auf die Stirnseite des Straßburger Münsters bedauerten die Gäste einer Gesellschaft den unfertigen Anblick des Bauwerks mit nur einem Turm. Goethe pflichtete dieser Klage geflissentlich bei und bemängelte, daß nicht einmal der eine Turm ganz ausgeführt worden sei. Die vier Schnecken, sagte er, setzten viel zu stumpf an. Vier leichte Turmspitzen hätten daraufgehört, und in der Mitte statt des plumpen Kreuzes eine höhere Spitze.

„Wer hat Ihnen das gesagt?" fragte ein kleiner munterer Mann.

„Der Turm selbst", antwortete Goethe.

Und die Überraschung des Fragers kam daher, daß er in einem Archiv tätig war und alte Bauzeichnungen kannte, die genau diese Vorstellungen bestätigten.

21. Einsamer Genuß

Goethe konnte sich immer wieder lange vors Straßburger Münster pflanzen und mit übereinandergeschlagenen Armen träumerisch das Bauwerk bewundern. Es muß ihn sehr verdrossen haben, daß außer ihm niemand die Pracht wahrzunehmen schien. Denn einem Kärrner, der sein Gefährt, ein Liedchen pfeifend, dicht an ihm vorüberzog, versetzte er eine Ohrfeige, ihn anfahrend: „Willst du wohl staunen, du Flegel?“

22. Extraportion

Später erzählte man in Sesenheim manches über Friederike Brions anmutiges, gütiges, liebenswürdiges Wesen. Sie hatte, obwohl sich manche gute Partie bot, nie geheiratet. Goethes Porträt hing immer in ihrem Zimmer. Eine ältere Sesenheimerin erinnerte sich, daß sie einmal in der Pfarrei zu Tisch geladen war. Im Nebenzimmer sah sie Friederike die Kinder der Gäste und andere junge Leute versorgen und aus einer Schüssel mit Hühner-Fricassé die besten Bissen heraussuchen, die Bruststückchen und die Leber. Verwundert wandte sie sich an Friederikes Mutter, sie kenne das Mädchen doch als so bescheiden, und nun nehme sie sich dreist das Beste.

„Ach“, sagte die Pfarrfrau, „laßt sie nur, das ist nicht für sie. Schauen Sie in die andere Stube, da sitzt ein junger Herr, zu dem werden die guten Bissen den Weg schon finden.“

Der schmucke Student, dem die Extraportion vorgesetzt wurde, war Goethe.

GENIEZEIT

23. Merck

Der Publizist Johann Heinrich Merck begleitete Goethes frühes Schaffen mit freundschftlicher Kritik. Den „Götz von Berlichingen“ fand er so gelungen, daß er, ein Geschäft witternd, zur Veröffentlichung im Selbstverlag riet. Er kümmerte sich um die Druckerei, Goethe kaufte das Papier. Merck sollte mit seiner Prognose Recht bekommen. Das gute Geschäft machten allerdings zunächst die Raubdrucker. Da erschien bei Goethe ein Buchhändler und bot ihm ein ansehnliches Honorar, wenn er noch ein Dutzend solcher Stücke liefern wolle.

Als Goethe nach seiner Wetzlarer Zeit wieder mit einer erfolgversprechenden Neuheit aufwartete, setzte sich Merck aufs Kanapee und ließ sich Brief für Brief „Die Leiden des jungen Werthers“ vorlesen. Da er kein Zeichen irgendeiner Bewegung machte, las Goethe seine unglückliche Liebesgeschichte mit Lotte immer weiter, seinen Vortrag ins Pathetische steigernd. In einer Verschnaufpause sagte Merck dann: „Nun ja, es ist ganz hübsch!“ Und ging.

24. „Beten Sie für mich!“

Goethe reiste viel, bevor er nach Weimar ging. So kam er unter den Leute herum und hörte oft sehr widerstreitende Urteile über sein Frühwerk. In Elberfeld saß der redliche Rektor Hasenkamp mit ihm und Johann Kaspar Lavater am selben Wirtshaustisch und hörte der heiteren und lebhaften Unterhaltung eine

Weile zu. Plötzlich richtete er das Wort an den Jüngeren und fragte: „Sind Sie der Herr Goethe?"

„Ja."

„Und haben das berüchtigte Buch ‚Die Leiden des jungen Werthers' geschrieben?"

Alles horchte auf.

„Ja."

„So fühle ich mich in mein Gewissen verpflichtet, Ihnen meinen Abscheu über diese ruchlose Schrift zu bekunden. Gott wolle Ihr verkehrtes Herz bessern! Denn wehe, wehe dem, der Ärgernis gibt!"

Ein peinliches Schweigen hatte sich ausgebreitet. Wie würde der Dichter auf solch einen Angriff antworten?

Goethe sagte: „Sie haben vollkommen recht. Aus Ihrem Gesichtspunkt müssen Sie einfach so urteilen. Haben Sie Dank für Ihre Offenheit! Beten Sie für mich!"

Da wußte der Herr Rektor nicht mehr, was er sagen sollte.

25. Das Weltkind

Auf einer Rheinreise kamen Goethe, Lavater und Basedow nach Koblenz. Da sie im Alter wie im Wesen so verschieden waren, interessierten sich auch die unterschiedlichsten Leute für das Trio. Einer wollte etwas Gelehrtes, ein anderer etwas Frommes, ein Dritter etwas Deftiges hören. In „Dichtung und Wahrheit" erinnert sich Goethe: „Ich saß zwischen Lavater und Basedow; der erste belehrte einen Landgeistlichen über die Geheimnisse der Offenbarung Johannis, und der andere bemühte sich vergebens, einem hartnäckigen Tanzmeister zu beweisen, daß die Taufe ein veralteter und für unsere Zeit gar nicht berechneter Gebrauch sei. Und wie wir nun fürder nach Köln zogen, schrieb ich in irgendein Album:

‚Und, wie nach Emmaus, weiter ging's,
Mit Sturm- und Feuerschritten:
Prophete rechts, Prophete links,
Das Weltkind in der Mitten.'"

26. Der durstige Aufklärer

Der Pädagoge Johann Bernhard Basedow führte ohne Rücksicht darauf, wo er sich gerade befand, Reden über den christlichen Glauben, die er selbst noch für höchst religiös hielt, während fromme Zuhörer sie aber höchst lästerlich fanden. Sein aufgeklärter Geist empörte sich wortreich gegen das Dogma von der Trinität, der Dreieinigkeit des Vaters, des Sohnes und des Heiligen Geistes. Es war nicht immer leicht, Verstimmungen abzuwenden, die Sache ins Scherzhafte zu ziehen oder Frauen, deren Gefühle verletzt worden wären, zu einem Spaziergang von ihm wegzulocken. Basedow trank aber auch gern einen Krug Bier, und da er beim Reden immer wieder an seiner Pfeife sog, wurde ihm vom Tabaksrauch schnell der Gaumen trocken. Als er auf dem Heimweg ein Wirtshaus gewahrte, wollte er den Kutscher anhalten lassen. Goethe jedoch machte sich einen Spaß daraus, das Gegenteil anzuordnen. Da der Kutscher gehorchte und weiterfuhr, wurde Basedow wütend, und es fehlte nicht viel, daß er Goethe mit den Fäusten bearbeitet hätte. Goethe versuchte den Älteren lachend zu beruhigen: „Vater, Ihr solltet mir dankbar sein! Habt Ihr denn das Bierzeichen über der Wirtshaustür nicht gesehen? Es waren zwei verschränkte Triangel! Die Trinität ist nur ein Triangel, und sie macht Euch schon fast verrückt. Unter zweien hätten wir Euch wohl in Ketten legen müssen."

27. Mummenschanz

Der fromme Arzt und Schriftsteller Johann Heinrich Jung-Stilling, berühmt durch seine autobiographische Prosa, wurde von den Stürmern und Drängern viel dafür belächelt, daß er alles, was dem Menschen begegnet, Gutes wie Schlimmes, für eine Art göttlicher Pädagogik hielt. Der junge Goethe jedoch bewahrte ihm seine herzliche, schonende Zuneigung.

Eines Morgens wurde Jung-Stilling in einen Gasthof gerufen und fand in dem Zimmer, das man ihm wies, einen an Hals und Kopf dick mit Tüchern verhüllten Menschen, der ihm die Hand aus dem Bett entgegenstreckte und mit schwacher, dumpfer Stimme flehte, der Herr Doktor möge ihm den Puls fühlen, er fühle sich krank und schwach. Stilling allerdings fand den Puls ganz regelmäßig. Da sprang der eingebildete Kranke aus seinen Tüchern, und lachend fiel ihm Goethe um den Hals.

28. Bürgerschreck

In seiner Geniezeit erlaubte sich Goethe, allein oder mit Freunden, ziemlich gewagte Scherze. Zur Weinlese im Herbst, als man in den Gärten um Frankfurt Feuerwerke abbrannte und Raketen steigen ließ, bemerkte man in den nächtlichen Feldern tanzende

Irrlichter, die erloschen oder in Sprüngen verschwanden, sobald man sich ihnen näherte, und wieder aufflackerten, sobald man die Verfolgung aufgab: Goethe und seine Freunde schwärmten mit Kerzen auf den Hüten durch die Gegend. Da Goethe gut auf Stelzen zu gehen verstand, schaute er in Mondnächten gern unverhofft Leuten in die Fenster des ersten Stockwerks, um sie zu erschrecken. Am ärgsten entsetzte er jedoch die Festgesellschaft einer Kindtaufe, die bei Tisch saß und den Braten erwartete: Goethe erschien mit einer verhüllten Platte und setzte sie schweigend ab, und als man das Tuch herunter nahm, lag da der Täufling.

WEIMAR

29. Das Weltkind bei Hofe

Zu den Zerstreuungen der Weimarer Gesellschaft gehörte auch, Gegenstände zu arrangieren, die ein gebräuchliches Sprichwort versinnbildlichen sollten, und die Aufgabe war, es zu erraten. Goethe führte sich damit ein, daß er eine spanische Wand aufstellte, mit Kreide einen Berg darauf zeichnete und dahintertrat. Nicht einmal Christoph Martin Wieland, der schon einige Jahre in Weimar lebte und seine Erfahrungen gemacht haben mußte, fand heraus, was damit gemeint war. Goethe trat wieder hervor und sagte zu einer Verbeugung:

„Mein Herr Hofrat! Hinter dem Berge sind auch Leute!“

30. Rechnungen für deutsche Genies

In seinen ersten Weimarer Monaten wohnte Goethe noch ziemlich unbequem zur Miete. Als der Winter vorbei war, im Frühjahr 1776, sollte sich das ändern. Das freundschaftliche Verhältnis, in dem er zu Herzog Carl August stand, erlaubte es ihm, immer wieder darauf zurückzukommen, wie sehr es ihm ein ländliches Häuschen mit Garten angetan hatte, nahe der Ilm am Abhang des Höhenzuges Das Horn gelegen, wo der Weg vom Stern nach Oberweimar entlangführte. Er ging sogar so weit, anzudeuten, daß sein Bleiben in Weimar davon abhänge, ob er das Anwesen bekomme. „Ja, wer es so hat wie Bertuch!“ seufzte er immer wieder. Friedrich Johann Justin

Bertuch hatte es gerade erst für sich erworben und voll Freude und Eifer begonnen, den Garten umzugestalten. Als Geheimsekretär und Finanzverwalter des Herzogs hatte er allerdings schon des öfteren die Stirn gerunzelt zu all den Rechnungen über Hosen, Westen, Strümpfe und Schuhe für deutsche Genies.

„Höre, Bertuch!“ sagte der Herzog, als er gerade vorüberritt, über den Zaun. „Du mußt mir den Fleck da überlassen, ich brauche ihn.“

Bertuch kam mit seinen Einwänden nicht weit. Carl August bot ihm als Gegenwert einen großen Baumgarten nordwestlich vor der Stadt an, und mit diesem Grundstück kam schließlich auch Bertuch auf seine Rechnung. Zunächst verpachtete er das Land parzellenweise, dann baute er vom Pachtertrag sein „Industrie-Comptoir“ darauf und wurde ein erfolgreicher Unternehmer. In seiner Kunstblumenfabrik arbeitete, als Goethe ihr zum erstenmal begegnete, Christiane Vulpius.

31. Gleichmut in der Niederlage

Friedrich Maximilian Klinger, der mit dem Schauspiel „Sturm und Drang“ der literarischen Epoche den Namen gab, war ebenfalls nach Weimar gekommen. Nach einer kleinen Plauderei über die gemeinsame Heimatstadt Frankfurt hatte er nichts eiligeres zu tun, als einen Packen Manuskripte aus der Tasche zu ziehen und Goethe daraus vorzulesen. Eine Weile hörte der Dichterfreund geduldig zu. Dann aber sprang er auf und rief: „Was hast du da für ein verfluchtes Zeug geschrieben! Der Teufel halte das aus!“

Klinger steckte seine Sachen ruhig wieder ein und

sagte kopfschüttelnd: „Seltsam. Du bist heute schon der Zweite, mit dem es mir so ergeht."

Später, Klinger stand inzwischen als General in russischen Diensten, sagte Goethe zu Wieland: „Der konnte was einstecken! Damals schon konnte man sehen, daß der Klinger durchaus zum General geboren war."

32. Ländliche Rachegöttin

Wenn Goethe und Carl August über Land ritten, meistens zur Jagd, packte sie manchmal der Übermut. Der eine genoß noch ein wenig Geniezeit, der andere seine landesherrliche Hoheit. Eines Abends fragen sie in einem Bauernhaus, ob sie nicht jeder ein Glas frische Milch bekommen können. Die Bäuerin ist gerade beim Buttern und antwortet, nicht ahnend, wen sie vor sich hat, ein wenig barsch: „Das kunn se kreie, aber's muß eener von dan Mannsen drweile dahierten stampfe, sonst krei'ch keene Butter; das därf nech stölle stieh!"

Während sie nun Milch holen geht, schlägt der Herzog die Butter. Auf der Treppe schnurrt laut ein Kater, als dürfe er gleich davon naschen. Goethe, der nicht faul dabeistehen will, packt das Tier beim Pelz, öffnet den Deckel und wirft es ins Butterfaß.

Die beiden Gäste trinken, während die Wirtin weiterbuttert, ihre Milch. Was sie dafür zahlen, kommt ihr freilich übertrieben vor, und sie denkt: Su sin die Weimerschen nech alle; zahn Groschen fär zwee Niesel Mälch – und geschlohn wie de Bärschtenbönger!

Nach ein paar Tagen, die Bäuerin vermißte ihren

Kater, der sowieso die Räude hatte, nicht sonderlich, erschienen die Gäste wieder und legten ihr noch ein Sümmchen auf den Tisch. Reumütig gestanden sie, es täte ihnen leid um den Kater wie um die Butter.

„De Botter?“ lachte die Frau. „Ach, die h’ch off Weimer getrohn, bei Hofe, die frassen alles!“

33. Komme gleich wieder

Auf einer Jagd sagte Carl August: „Ach, trag mir doch mal die Flinte, ich bin so müde.“

Goethe tat, als hätte er nichts gehört.

Nach einer Weile drückte Goethe dem Herzog seine Flinte in die Hand: „Halt doch mal meine Flinte, ich komme gleich wieder.“

Verschwand im Gebüsch und ließ sich nicht mehr blicken.

34. Roß und Reiter

Am Ende eines warmen Tages sahen Goethe und Carl August, zu Fuß auf der Jagd, wie Pferde in die Schwemme geritten wurden. „Wie wohl wäre mir“, sagte der Herzog, „wenn ich jetzt beritten wäre und mir wie diese Bauernlümmel das Wasser so kalt um die Glieder schlagen lassen könnte.“

„Die Pferde haben es aber auch frisch und kühl.“

„Gut“, sagte Carl August, „Ich bin gern ein Bauernlümmel! Wenn du mein Pferd bist, reite ich dich in die Schwemme.“

Und diesmal mußte Goethe Spaß verstehen, seinen Dienstherrn aufsitzen, sich die Sporen geben lassen und mit ihm huckepack im Wasser herumtraben.

35. Mephistophelische Lesung

Johannes Daniel Falk brachte, als er zum erstenmal in die Abendgesellschaft geladen war, die Herzogin Anna Amalia im Wittumspalais gab, den neusten „Göttinger Musenalmanach“ mit und las ausdauernd daraus vor. Als er seinen Zuhörern und sich eine kleine Pause gönnte, erhob sich ein Gast in kurzem, grünem, aufgeschlagenem Jagdrock, der die ganze Zeit, die schwarzglänzenden italienischen Augen auf ihn gerichtet, zugehört hatte, verneigte sich höflich und erbot sich, weiterzulesen. Man könne sich ja abwechseln, das ermüde nicht so sehr. Falk reichte ihm das Buch. Zunächst las der unheimliche Jägersmann ganz ordentlich Gedichte von Gottfried August Bürger, Johann Heinrich Voß und dem Grafen Leopold von Stolberg. Dann aber folgten Hexameter, Jamben und Knittelverse, Gedichte, die Falk noch nie gehört oder gelesen hatte, Humorvolles und Phantastisches, hingeworfene Gedanken von einer Brillanz, daß die Autoren, denen sie untergeschoben wurden, Gott auf Knien hätte danken müssen, wenn ihnen derlei wirklich eingefallen wäre. Die Fröhlichkeit, die in der Runde aufkam, reizte den Vortragenden schließlich zu extemporierten Knittelversen, und Falk wurde mit einem brütenden Truthahn verglichen, der mit fremden Eiern Geduld habe und sogar ein Gipsei nicht übelnehme ...

„Das ist Goethe oder der Teufel!“ sagte Falk zu seinem Nachbarn.

„Beides“, antwortete Wieland.

36. Augenblick und Ewigkeit

Bei einem Besuch in Wörlitz saß Goethe mit der Familie des Fürsten von Anhalt-Dessau in der Vorhalle des Schlosses. Es war ein heiterer Sommernachmittag. Die Fürstin Luise war mit einer Stickerei beschäftigt, Fürst Leopold Friedrich Franz las etwas vor, Goethe zeichnete, und ein Hofkavalier genoß, da niemand etwas von ihm verlangte, das Nichtstun. Plötzlich schwärmte ein Bienenvolk vorüber, und Goethe sagte: „Darüber gibt es einen alten Volksglauben."

„Welchen?" fragte man ihn neugierig.

„Was man, während solch ein Bienenschwarm vorübersummt, gerade tut, das wird man noch sehr oft und sehr lange tun."

„Dann werde ich wohl noch viel sticken", bemerkte die Fürstin.

„Und ich lese noch allerlei Interessantes vor", sagte der Fürst.

„Ich", stellte Goethe fest, „muß vielleicht noch unendlich viel zeichnen. Aber der Herr Kammerherr, der kann in alle Ewigkeit faulenzen."

37. Erlkönig

Goethe badete gern in der Ilm. Mit einer Korkweste lernte er schwimmen. Bald gefiel ihm das Wasser so, daß er sich auch nächtens bei Mondschein und im Herbst noch bis in den November, ja bis Anfang Dezember darin tummelte und sich daran weidete, wenn er Vorübergehende erschrecken konnte. Einmal ging ein Bauer spät in der Nacht hinüber nach

Oberweimar. An der Flußbrücke erblickte er eine schlanke weiße Gestalt mit langem, dunklem Haar, die im Fluß auf- und untertauchte und seltsame Töne von sich gab, und wäre man in Weimar nicht längst darüber aufgeklärt gewesen, wer da zwischen Erlen und alten Weiden sein Wesen trieb, so hätte sich wohl bei den Leuten der Glaube an Nixen und andere Wassergeister wiederbelebt.

38. Autorenbekenntnis

In Kassel hatten Goethes Bewunderer einem Freiherrn von Truchseß-Wetzhausen eine frappante Ähnlichkeit mit Götz von Berlichingen bescheinigt, obschon keiner von ihnen den Ritter wirklich gesehen haben konnte. Der Freiherr, geschmeichelt, ließ es sich gefallen, wenn seine Freunde ihn einfach „Götz“ nannten. So geschah es auch eines Mittags im Wirtshaus:

„Götz!“ rief einer. „Wann reitest du nach der Burg?“

Ein Gast, der am selben Tisch zu Mittag aß, fragte beinahe erschrocken: „Heißt der Herr da Götz?“

„Nein“, antwortete einer der Freunde, „er sieht nur so aus.“

„Wie kommen Sie darauf!“ fragte der Fremde.

„Kennen Sie denn nicht Goethes ‚Götz von Berlichingen‘?“

„Meinen Sie den!“ besann sich der Mann. Dann nickte er: „Sie haben recht! So sah er wirklich aus.“

Nun blieb dem Freiherrn und seinen Freunden der Mund offen. „Haben Sie ihn denn persönlich gekannt?“ „Wie sollte ich ihn nicht gekannt haben!“ war die Antwort. „Ich habe ihn ja gemacht.“

39. Volkstümlich

Als Goethe und Carl August 1779 bei ihrer Reise nach Südwestdeutschland durch das Frankfurt benachbarte Sachsenhausen spazierten, dessen Einwohner für eine grobe Zunge bekannt waren, wurden sie Ohrenzeugen eines Streites, in dem unweigerlich auch das berüchtigte „Leck mich ...“ gebraucht wurde.

„Wie muß es doch einen Dichter freuen“, sagte da aufgeräumt der Herzog zum Verfasser der „Götz von Berlichingen“, „wenn er sieht, daß sein Werk so tief ins Volk gedrungen ist und überall zitiert wird!“

40. Die Giftnudel

Fräulein von Göchhausen, eine Hofdame der Herzoginmutter, die sich einbildete, Goethe liebe sie heimlich, pflegte, entweder um ihren Geist zu beweisen, oder um sich für ihren Buckel schadlos zu halten, in Gesellschaft ihre spitze Zunge zu wetzen. Goethe hatte ihre Hoffnung, daß er sie einmal in Versen verewige, vernichtet mit den Worten: „Aber Kind! Wenn ich das jeder besorgen wollte, wo sollte ich da meine Zeit hernehmen?“

Als sie einmal in Tiefurt nicht aufhören wollte, sich mit boshaften Bemerkungen in Goethes Gespräch mit dem Herzog zu mischen, luden die beiden sie höflich zu einem Spaziergang ein. Man war allerdings im Salon geblieben, weil es schon den ganzen Tag regnete. Das Fräulein fürchtete um den Glanz ihres Kleides und ihre Atlasschuhe und wollte gern ein andermal die Ehre haben. Es half jedoch nichts, sie wurde in die Mitte genommen mußte sich von den gestiefelten Kavalieren durch Pfützen und über aufgeweichte Parkwege begleiten lassen.

Der Dämpfer hielt nicht lange vor. Immer wieder verschüttete sie ihre spöttischen Anspielungen wie kalte Regenschauer, und als es wieder einmal draußen nicht aufhören wollte zu regnen, wurden ihr falsche Sänftenträger geschickt, die ihre Portechaise im nächtlichen Park absetzten und verschwanden.

41. Herablassung

Auf einem Spaziergang im Park kam Goethe ein gefürchteter Literaturkritiker entgegen, der unlängst böse über seine Werke hergefallen war. Der Pfad war so schmal, daß man einander nicht ausweichen konnte, ohne auf den Rasen zu treten. Goethe blieb stehen. Der Kritiker blieb ebenfalls stehen und sagte von oben herab: „Ich weiche keinem Narren aus!"

Goethe trat auf den Rasen und sagte: „Aber ich!"

42. Wie gerufen

Als der Minister von Goethe einmal eine Sitzung leitete, polterte ein junger Beamter mit Reitstiefeln in den Saal und durchquerte ihn unter dem störenden Klirren seiner Sporen. Gerade hatte man festgestellt, daß zur Verhandlung noch ein paar Akten benötigt wurden. „Herr Referendarius, Sie kommen wie gerufen!" wandte sich Goethe in liebenswürdigem Ton an den Flegel, „Reiten Sie doch schnell einmal in die Registratur und lassen Sie sich folgende Ordner geben ..."

ITALIEN

43. Verdächtiges Zeichnen

In Malcesine am Gardasee ließ sich Goethe von altem Burggemäuer so bezaubern, daß er sich einem Turm gegenüber setzte und zu zeichnen begann. Während der Arbeit bemerkte er, daß sich die sonst menschenleere Stätte belebte. Immer wieder traten Einheimische in den Hof, um ihm zuzuschauen. Goethe ließ sich nicht stören, doch in den Blicken lag mehr Mißtrauen als kunstsinnige Neugier. Einer begann, Fragen zu stellen, warnte den Zeichner, das sei nicht erlaubt, und zerriß dann ganz ruhig das Blatt. Schließlich wurde der Bürgermeister geholt, und bis die Amtsperson mit dem Aktuar erschien, war eine Volksmenge um den geheimnisvollen Fremden versammelt. Der Bürgermeister fragte ernst: „Warum zeichnen Sie die Festung?"

„Das – eine Festung?" wunderte sich Goethe. „Das sind Ruinen." Und er wies die Einwohner von Malcesine darauf hin, wie verfallen die Mauern und Türme waren, so daß ihnen keine militärische Bedeutung mehr zukäme.

„Wenn es Ruinen sind", wurde er gefragt, „was ist daran so wichtig, daß Sie es zeichnen müssen?"

Goethe erinnerte an die vielen Italienreisenden, die nur der Ruinen von Rom und Verona wegen ins Land kämen. „Diese Ruinen werden hundert- und aberhundertmal gezeichnet!"

„Das", sagte der Aktuarius, „sind römische Ruinen. „Hier aber handelt es sich um die Grenze zwischen Österreich und der Republik Venedig."

Der Zeichner erklärte, ihn interssierten nicht nur antike Ruinen, sondern auch die des Mittelalters. Und er verwies auf die Schönheit des Turms in der Morgensonne und auf den Efeu, der Mauern und Felsen überwucherte.

„Gut und schön", beharrte der Aktuar. „Aber Kaiser Joseph ist ein unruhiger Herr und führt gegen Venedig manches Böse im Schilde. Er hat Sie hergeschickt, um die Grenze auszuspionieren."

„Ich bin weit entfernt, Untertan dieses Kaisers zu sein", erwiderte Goethe. „Ich bin Bürger einer reichen Handelsstadt, die sich an Macht und Größe zwar nicht mit Venedig messen kann, sich aber gleichfalls selbst regiert. Ich bin in Frankfurt am Main geboren."

„Frankfurt am Main!" rief eine hübsche junge Frau, und sie riet dem Bürgermeister, den Gregorio rufen zu lassen. „Der kennt sich dort aus!"

Gregorio, ein Mann in den Fünfzigern, hörte sich, von freundlichen Erinnerungen gerührt, an, was Goethe, ihm Rede und Antwort stehend, über die italienischen Familien seiner Heimatstadt zu erzählen wußte, über die Goldene Hochzeit des Herrn Allesina und seiner Gattin, einer geborenen Brentano, und von den Kindern und Enkeln und ihren Heiraten. Die Leute lauschten zunehmend heiter dem Wortwechsel. Schließlich verbürgte dieser Gregorio sich gegenüber dem Bürgermeister dafür, daß der Fremde ein ehrenwerter, wohlerzogener, kunstsinniger Mann sei, und er riet ihm, ihn gut zu behandeln, damit Malcesine als eine sehenswerte, gastfreundliche Stadt bekannt werde, wovon alle einen Vorteil hätten. Goethe wiederum dankte, als er einige Tage darauf die Kerker von Verona von außen sah, seinem

Herrgott dafür, daß er glimpflich davongekommen war.

44. Fortschreitende Aufklärung

Bei Assisi fühlte sich Goethe plötzlich verfolgt. Tatsächlich überholten ihn vier finstere Burschen, zwei davon mit Flinten bewaffnet, stellten sich ihm in den Weg und fragten ihn aus. Daß der Fremde nur die römischen Säulen von Santa Maria della Minerva bestaunt, dem Heiligen Franz aber nicht seine Aufwartung gemacht hatte, fanden sie wenig fromm, und daß jemand einen Wagen bezahle und zu Fuß gehe, wollten sie nicht glauben. Als Goethe aber mit ihnen zum Bürgermeister gehen wollte, um zu beweisen, daß seine Papiere in Ordnung waren, verzogen sich die scheinheiligen Frager. Einer der beiden Unbewaffneten jedoch kam freundlich zurück und hielt die Hand auf: „Ein Trinkgeld solltet Ihr mir schon geben, denn ich habe gleich gesehen, daß Ihr ein Ehrenmann seid."

Goethe gab ihm ein paar Silberstücke unter der Bedingung, künftig alle die zu beschützen, die nicht nur wegen der Religion, sondern auch um der Kunst willen nach Assisi kämen, besonders solche, die den einstmals heidnischen Minervatempel zeichnen und in Kupfer stechen würden. Der Beschenkte versprach es und erbot sich, einem so hübschen Mann, wenn er es wünsche, die schönste und ehrbarste Frau von Assisi zu verschaffen.

45. Vom Incognito zum Pseudonym

Die deutschen Künstler in Rom kannten den Maler Johann Heinrich Wilhelm Tischbein, der mit Goethe angereist war, seinen Begleiter aber nicht. Einer von ihnen hatte sich allerdings wiederholt gerühmt, er sei persönlich bestens mit Goethe vertraut, ja er habe mit ihm in einem freundschaftlichen Verhältnis gelebt. Goethe zögerte damit, sich vorzustellen, und als Tischbein gefragt wurde, wen er da mitgebracht habe, eine gewisse Ähnlichkeit mit dem Dichter des „Werther" sei nicht zu leugnen, mischte der Schwadroneur sich ein und behauptete: „Nicht die Spur! Weder in der Gestalt noch im Aussehen." Da entschloß sich Goethe, einen Leipziger Kaufmann namens Möller zu spielen. Einem Hofrat Reiffenstein allerdings erschien diese Identität zu gering. Er nannte den Fremden, der gegenüber dem Palazzo Rondanini wohnte, nur den „Baron beim Rondanini".

46. Der Gott und die Katze

In seinem römischen Zimmer stellte Goethe seinem Bett gegenüber so, daß morgens wie zu einer heidnischen Andacht das Licht darauffiel, den Kopf einer kolossalen Jupiter-Statue auf. Einmal unterbrach sich die Wirtin beim Putzen und rief ihren Gast herein: Das müsse er unbedingt sehen, die Katze bete Gottvater an! Sie wisse längst, daß ihre Katze eine kleine Christin sei, aber das sein denn doch ein Wunder. Das Tier war auf den Tisch gesprungen, der als Sockel diente, hatte dem Gott die Pfoten auf die Brust gelegt und leckte aufs zierlichste den heiligen

Bart. Goethe ließ der frommen Dame ihren doppelt irrigen Glauben, denn es handelte sich ja weder um den Gott der Christenheit noch um ein Gebet. Um eine Erklärung aber war er selbst verlegen. Roch die Katze etwa noch Spuren des Rauches, der vom verbrannten Fett des heidnischen Altars emporgewölkt war?

47. Findige Armut

Der Winter war in Neapel kalt und regnerisch. Goethe sah auf einem Platz einen Kreis zerlumpter Knaben am Boden kauern, die Hände genießerisch nach unten gewendet, zufrieden, als ob sie sich wärmten. Er fragte sie nach dem Grund und erfuhr, daß ein Schmied, der dort seine Werkstatt hatte, mit Feuern von Eichholzspänen Radschienen erhitzte, bevor er sie um die Felgen legte. Sobald die Asche reinlich beiseite gekehrt war, holten sich die Kinder die Wärme, die das Pflaster noch hielt. „Nicht um reich zu werden“, schrieb Goethe, ließen die Italiener kaum etwas verlorengehen, „sondern um sorgenfrei zu leben.“

48. Ein Patriot

Als Goethe mit leichtem zweirädrigen Fuhrwerk von einem Ausflug von Salerno nach Neapel zurückkehrte, bot sich auf der Höhe ein wundervoller Ausblick über die Stadt, den Golf, seine Buchten, Steilküsten, Inseln, Halbinseln und Vorgebirge. Da erschreckte ein Junge, der hintenauf mitgerollt war, den Reisenden mit einem mißtönenden Geheul, das den Genuß dieses Panoramas störte, so daß er sich umwandte und ihn anfuhr.

Der Schreier verstummte. Eine Weile rührte er sich nicht. Dann klopfte er Goethe sacht auf die Schulter und sagte: „Signor, perdonate! questa e la mia patria!“ („Herr, verzeiht! Das ist doch mein Vaterland!“)

49. Vom Nutzen des Kehrichts

In den langen, geraden, schachbrettartig zueinander verlaufenden Straßen von Palermo, von denen die schönste sich mit dem Corso in Rom hätte messen können, wirbelte ein geringer Luftzug schon Staubwolken auf. Goethe entsetzte sich über die Unreinlichkeit dieser Stadt und die Unsitte, daß jeder Anwohner, jeder Laden- und Werkstattbesitzer nur seinen Fußsteig kehre und allen Unrat mit dem Besen in die Straßenmitte befördere, von wo ihn der Wind wieder auf Häuser, in Fenster und Gewölbe zurücksende. In Neapel lasse man Esel den Kehricht als Dünger auf die Felder bringen. Sogar die Besen aus Palmwedeln, die sich rasch abnutzten, sah er zu Stroh, Unrat und übereinander faulenden Küchenabfälle geworfen.

Ein Palermitaner beruhigte ihn mit dem nötigen Humor über das Unabwendbare: Sobald man die Schmutzschichten entfernte, käme das schlechte Pflaster zum Vorschein. So aber rollten, wenn der Adel abends mit seinen Karossen durch die Straßen führe, die Räder weich und machten nicht so viel Lärm.

50. Der Wettermacher

In Palermo machte sich ein Malteser mit dem Reisenden bekannt, von dem er erfahren hatte, daß er Deutscher sei. Was es denn Neues in Erfurt gebe, er habe da eine angenehme Zeit gehabt, wie es denn der Familie von Dacheröden ginge und dem Koadjutor von Dalberg. Kaum hatte er darüber Auskunft erhalten, fragte er nach dem übrigen Thüringen, bis er sich auch nach Weimar erkundigte. „Wie steht es denn“, fragte er, „mit dem Manne, der, zu meiner Zeit jung und lebhaft, daselbst Regen und schönes Wetter machte? Wie hieß er doch gleich – ich meine den Verfasser des ‚Werthers‘.“

„Der“, antwortete Goethe nach kurzem Bedenken, „der bin ich selbst.“

„Da muß sich viel verändert haben!“ staunte der Herr.

„O ja!“ bestätigte Goethe. „Zwischen Weimar und Palermo habe ich manche Veränderung gehabt.“

51. So sind wir alle

Eines Abends in Palermo, Goethe plauderte gerade mit einem Geschäftsmann, mischte sich ein hochgewachsener, wohlgekleideter Läufer ein und hielt ihm einen silbernen Teller vor, auf dem schon ein paar Kupfer- und Silbermünzen lagen. Goethe war nicht in Geberlaune und zog achselnzuckend den Kopf ein. Kaum hatte sich der Läufer zurückgezogen, entdeckte Goethe auf der Straßenseite gegenüber einen anderen in derselben Beschäftigung.

Der Händler, den er fragte, was das bedeute, wies

auf die Mitte der Straße, wo ein langer, bejahrter, hagerer Herr, frisiert und gepudert, den Hut unterm Arm, höfisch in Seide gekleidet, in kostbaren Schnallenschuhen über den Mist daherschritt.

Dies sei der Prinz Pallagonia.

Goethe kannte den Namen von der Besichtigung eines Landsitzes, bei der ihn allerlei närrische Skulpturen irritiert hatten, Zwerge und andere Mißgestalten, musizierende Affenchöre, ein Atlas, der statt der Weltkugel ein Weinfaß trug.

„Von Zeit zu Zeit“, fuhr der Palermitaner fort, „geht er durch die Stadt und sammelt Lösegeld für die Bürger, die bei den Barbaren als Sklaven gefangen sind.“

Die Summen, die so zusammenkämen, meinte Goethe, der nichts gegeben hatte, seien für diesen Zweck doch wohl sehr gering.

„Das macht nichts“, bekam er zur Antwort. „Auf diese Weise bleibt die Sache aber bei den Leuten in Erinnerung, und schon mancher, der sich zu Lebzeiten zurückhielt, hat in seinem Testament ansehnliche Summen für den Verein des Prinzen gestiftet.“

„Aber der Prinz“, räsonierte Goethe, „hätte doch lieber sein eigenes Geld dafür stiften sollen, statt seinen Landsitz mit solchen Torheiten auszustaffieren!“

„Sind wir doch alle so!“ antwortete der Kaufmann. „Unsere Narrheiten bezahlen wir gar gerne selbst, zu unsern Tugenden sollen andere das Geld hergeben.“

52. Auslese

Vor seiner Reise war Goethe von Freunden und Bekannten mit Bitten bestürmt worden, aus Italien etwas mitzubringen. Die Wünsche reichten von kleinen Kunstgegenständen bis zu venezianischem Schmuck. Viele gingen bei seiner Rückkehr leer aus und zogen lange Gesichter.

„Als ich in der Gondel über den Canal Grande in Venedig fuhr“, redete der Reisende sich heraus, „und die Merkzettel mit den Wünschen meiner Freunde auf den Knien hatte, kam plötzlich ein Windstoß und wehte die Zettel ins Wasser.“

„Aber einigen haben Sie doch etwas mitgebracht!“

„Ja“, antwortete Goethe, „deren Zettel waren mit Geldstücken beschwert, mit den Geldstücken, die sie mir mitgegeben hatten. Die konnten nicht wegfliegen.“

53. Rückblick

Am 30. Mai 1814 unterbrach Goethe seinen Aufenthalt in Berka, um in Weimar ein Duell seines Sohnes August mit einem Rittmeister von Werthern zu vereiteln. Zu Mittag war man erfolgreich wieder zurück und tafelte gut. Anschließend, im Vorsaal vor einem großen Panorama der Stadt Rom plaudernd, empfahl Goethe dem Kanzler Friedrich von Müller erneut und angelegentlich eine Italienreise. „Euch darf ichs wohl gestehen“, sagte er und wies auf die Tiberbrücke, über die Reisende aus dem Norden die Ewige Stadt erreichen und wieder verlassen. „Seit ich über den Ponte molle heimwärts fuhr, habe ich keinen glücklichen Tag mehr gehabt.“

AM MUSENHOF

54. Souveränitäten

Carl August geriet, erhitzt von der Jagd zurückkehrend, im Tiefurter Witwensitz seiner Mutter Anna Amalia in eine literarische Stunde. Wieland las aus einem Stück von Aristophanes, das er übersetzt hatte. Im geheizten Raum wurde es dem Herzog eng, und er öffnete ein Fenster. Nicht lange, und ein paar leicht bekleidete Damen beklagten sich, daß es zog. Leise schritt Goethe zum Fenster und schloß es. Carl August hatte es zunächst nicht bemerkt. Aber schon stieg ihm erneut die Röte ins Gesicht, und er fragte laut und unwirsch: „Wer hat das Fenster wieder zugemacht?“ Dabei sah er grimmig von einem Bedienten zum andern. Keiner von ihnen wagte es, auch nur mit einem Seitenblick auf Goethe zu verweisen.

„Ich war das!“ sagte Goethe mit einem Schritt auf seinen Souverän zu. „Ich erwarte ein Urteil auf Leben und Tod.“

Der Herzog lächelte und ließ das Fenster geschlossen.

55. Das unwillkommene Ständchen

In Jena veranstalteten die Studenten eine ihrer Abendmusiken, mit denen sie Professoren ihre Verehrung kundzutun pflegten, unter Goethes Fenstern. Doch Goethe, in Amtsgeschäften, fühlte sich durch diese ungewohnte Huldigung belästigt. Anderentags versuchte ihn Johann Gottlieb Fichte, der zu dieser Zeit in Jena Philosophie lehrte und sehr populär war, zu beruhigen, das Ständchen habe ja nicht dem Minister Goethe gegolten, sondern dem Dichter Goethe.

„Ich wünsche nicht“, antwortete Goethe, „daß man den Minister über dem Dichter vergesse.“

56. Unverhoffte Ehren

Mit ihrem Mann, dem Fürstlich Schwarzburg-Rudolstädtischen Rat August Wilhelm Schlegel, hatte Caroline gerade die neue Wohnung am Löbdergraben in Jena bezogen. Sie war in der noch völlig unaufgeräumten Wohnung damit beschäftigt, Gardinen aufzuhängen, da trat gleich nach dem Klopfen ein ziemlich korpulenter Herr ein, begrüßte sie als alte Bekannte, und das Dienstmädchen Hanne rief ihm hilflos über die Schulter, das sei der Geheimrat von Goethe. Wegen der sommerlichen Hitze hatte die Hausfrau keine Strümpfe an und nichts als ein luftiges Kleidchen auf dem Leib. Aber der Gast, mit dem sie vor Jahren in Mainz an Georg Forsters Tisch geplaudert hatte, hörte nicht auf, sich lobend über die hübschen Tapeten, über die neuen Verhältnisse der Schlegels und einige Arbeiten ihres Gatten zu verbreiten, so daß sie keine Zeit fand, sich etwa nebenan etwas Schicklicheres anzuziehen. Holdselig das Gesicht verziehend, erinnerte er sie daran, wie lustig sie damals zusammengesessen und wie sich das nachher mit dem Krieg in Frankreich so plötzlich geändert hätte. Er war mit dem Manuskript des „Wilhelm Meister“, den er in Druck geben wollte, hinterm Sattel von Weimar herübergeritten und wippte auf seinem Stuhl noch in der Unruhe des

Reitens. Übrigens gehe er gern drüben im „Paradies“ die Saale entlang spazieren, so daß man sich wohl des öfteren sehen werde.

Rat Schlegel, als er endlich dazukam, fand nichts an der ungezwungenen Szene. Während Caroline sich in ihr Ankleidezimmer zurückzog, bot er dem Dichter an, den Roman zu rezensieren. Seine Frau übernahm nach einer kleinen Erkältung von der Zugluft, in der sie so lange gestanden hatte, die Druckkorrektur.

57. Trinkgeld statt Entschädigung

In der Nachbarschaft des Hauses am Frauenplan hatte ein Weber seine Werkstatt. Gerade in dem großen Raum, in dem Goethe Gesellschaften gab, war das Klappern der Webstühle deutlich zu hören. Der Hausherr verlor darüber jahrelang kein Wort. Einmal aber, als wieder Gäste erwartet wurden, ließ er den Weber nach der Höhe seines Verlustes fragen, wenn er an diesem Abend die Arbeit ruhen ließe. Der Nachbar lenkte sofort ein und zierte sich, eine Entschädigung anzunehmen.

„Aber Ihre Leute“, fragte Goethe, „was werden die dann anfangen?“

„Ei, die werden den freien Abend genießen.“

Da gab ihm Goethe das Geld mit den Worten: „Verteilen Sie wenigstens dies unter die Leute, damit sie ein Glas Bier trinken können!“

58. Größen

Der Schauspieler Anton Genast bemühte sich, für das Weimarer Theater den größten Schauspieler zu gewinnen, der zu haben war. In Nürnberg sah er bei einer Aufführung von Schillers „Don Carlos“ den zu seiner Zeit berühmten Eßlair als Marquis Posa, der nicht nur hervorragend spielte, sondern auch mit seinem preußischen Gardemaß unter die „Langen Kerls“ Friedrich Wilhelms I. gepaßt hätte. Das mochte er, da die erste Liebhaberin auf der heimischen Bühne, Wilhelmina Maaß, ein wenig klein geraten war, in seiner Meldung nach Weimar nicht verschweigen. Goethe antwortete bedauernd: „Ich kann keinen Liebhaber brauchen, dessen Geliebte ihm nur bis an den Nabel reicht.“

59. Genüßliches Vergelten

An geselliger Tafel, gegen Ende der Mahlzeit, ließ sich der jüngere Johann Heinrich Voß, Sohn des berühmten Homerübersetzers, von Friedrich Wilhelm Riemer, der Goethes Sohn unterrichtete, absichtlich einen Klaps versetzen, um ihn mit den Worten „Schick’s weiter“ seiner Nachbarin neckisch weiterzugeben. Der Klaps wanderte auch wirklich bis zu der Schauspielerin Wilhelmina Maaß, die neben Goethe saß. Auf die beiden war er auch abgesehen. Sie stutzte verlegen, versetzte ihrem Nachbarn dann aber gehorsam einen ziemlich derben Schlag. Goethe wandte sich ihr zu und vergalt ihr den Angriff mit einem Kuß. Zu den Worten „Schick’s weiter“ küßte er sodann seine andere Nachbarin. Doch diese Schöne wollte die verwandelte Post durchaus nicht weitergeben.

„Nun, wenn’s so nicht herumwill, muß es retour gehen“, sagte Goethe, ließ sich wiederküssen und küßte die Maaß zum zweiten Mal. So wanderte der Klaps als Kuß zurück zu Voß über dessen hübsche Nachbarin. Da allerdings hörte die bunte Reihe auf, und Riemer zog ein verdrießliches Gesicht, weil er leer ausging.

„Wer hat überhaupt damit angefangen?“ fragte Goethe.

Und man zeigte lachend auf Riemer.

60. Ein sprechender Name

Als Darstellerin der Iphigenie blieb Goethe, der selbst den Orest gespielt hatte, Corona Schröter unvergeßlich. Als dann Caroline Jagemann, die heimlich mit dem Herzog liiert war, diese Rolle spielte, und noch dazu nach einer Ballnacht, in der sie nicht geschlafen hatte, antwortete Goethe auf die Frage eines Freundes, wie er sie fände: „Wenn sie nicht für ihr ganzes Leben hier in Weimar engagiert wäre, dann würde ich sagen: Die jage man!“

Der Jagemann entging Goethes Abneigung nicht. Als Gräfin Heygendorf revanchierte sie sich 1817, indem sie es bei Carl August – inzwischen Großherzog – durchsetzte, daß ein Schauspieler Karsten mit einem abgerichteten Pudel auf der Weimarer Bühne gastieren durfte. Da verzichtete Goethe schweren Herzens auf die Direktion des Theaters.

61. Dichterliche Verfügung

Der jüngere Johann Heinrich Voß konnte es sich nicht verkneifen, Goethe in „Hermann und Dorothea“ einen Vers zu zeigen, der sieben Daktylen hatte statt sechs. Goethe zählte nach und gab es zu. Als ihm nun aber Voß einen Bleistift reichte, damit er den Vers korrigiere, klappte der Dichter das Buch zu und verfügte: „Die Bestie soll stehenbleiben!“

62. Verrat

Als Goethe in Jena etwas später als andere eine Abendgesellschaft beim Buchhändler Frommann verließ, band ihm die Hausherrin, die ihm, nicht nur um Licht zu machen, vorausgeeilt war, am Fuß der Treppe eine Schürze voller Schneebälle vor: „Die werden Sie brauchen!“ Und richtig – kaum war die Tür geöffnet, flog ihm aus den Händen einiger Herren, die sich verabredet hatten, ein Hagel von Schneebällen zu, gegen den er sich nun aber bestens verteidigen konnte.

63. Sachliche Fragen

Bei einer Mittagstafel war Goethe, dem man gern Damen an die Seiten setzte, zwischen zwei Gänse geraten. Die eine sprach überaus geschwollen, die andere sehr gewöhnlich. Als das Dessert kam, sagte die erste: „Ach, ach, Herr Geheimrat! So eine Ananas riecht doch ganz göttlich!“

„Woher wissen Sie denn, wie die Götter riechen?“ fragte Goethe. Dann widmete er sich der anderen mit der Frage: „Wieviele Kühe, mein Fräulein, hat Ihr Herr Vater?“

64. Lorbeer

Goethe hatte sich überreden lassen, in Weimar ein Stück von Zacharias Werner aufzuführen, den er mochte, aber nicht besonders schätzte. Vor der Premiere aß man bei Goethe. Für den anschließenden Schmaus wollte er nicht auch noch der Gastgeber sein, und da er wußte, daß Johanna Schopenhauer, die Mutter des später berühmten Philosophen, ihm nichts abschlagen konnte, verwies er die Frage, wo man sich treffe, an sie. Um das Stück aber nicht zu versäumen, verhandelte die Verurteilte eilig mit ihrer Wirtschafterin über eine improvisierte Bewirtung.

Als die Gesellschaft einfiel und Platz nahm, gerieten Goethe und Werner vor einen Schweinskopf. Am Tag zuvor war davon schon gegessen worden, und die Haushälterin hatte den Anschnitt mit einem großen Lorbeerkranz verdeckt.

„Aber das geht doch nicht!“ sagte Goethe und erhob sich. „An dieser Tafel gibt es nur ein gekröntes Haupt.“

Damit nahm er den Lorbeer vom Schweinskopf und setzte ihn dem Dichter des Abends auf.

GLÜCKSSTUNDEN

65. Vermittelndes

Friedrich Schiller kam zum erstenmal nach Weimar, als Goethe gerade durch Italien reiste. Bei Charlotte von Kalb, Herder, Wieland und der Herzoginmutter Anna Amalia hörte er über den Abwesenden nicht nur Günstiges. Gesehen hatte er den zehn Jahre älteren Dichter bereits mit starker Erregung, als er 1779 an der Karlsschule für seine Prüfungsergebnisse drei Silbermedaillen erhielt und auf Ehrenplätzen neben Herzog Carl Eugen von Württemberg zwei Besucher saßen: Carl August von Sachsen-Weimar und Goethe.

Goethe wiederum fühlte sich durch Schillers „Räuber“ abgestoßen, konnte sich für den „Don Carlos“ nicht erwärmen und glaubte in Schillers Aufsatz „Über Anmut und Würde“ versteckte Spitzen gegen sich zu erkennen. In Jena, wo Schiller eine Professur für Geschichte erhalten hatte, wie in Weimar ging man sich aus dem Weg. Auch die erste persönliche Begegnung im Haus derer von Lengefeld zu Rudolstadt war sehr kühl verlaufen. Schiller beschrieb Goethe seinem Freund Körner als einen Egoisten „von ungewöhnlichem Grade“ und verstand, was Brutus und Cassius vor ihrem Mord an Julius Caesar bewegt hatte. Es fehlte nicht viel, und es wäre ihm mit dem „Olympier“ ergangen wie Lenz und anderen.

Doch im Juli 1794 gerieten Schiller und Goethe nach einem naturkundlichen Vortrag in Jena in der Tür nebeneinander, kamen über das Gehörte in ein Gespräch und tauschten Meinungen aus, bis sie vor

Schillers Haus standen. Goethe ging auf die Bitte, mit hineinzukommen, ein und trug seine „Metamorphose der Pflanzen“ vor, um dem Schüler Immanuel Kants, dem Freund der Ideen, den Wert der Erfahrung näherzubringen.

Schiller schüttelte dazu den Kopf und sagte: „Das ist keine Erfahrung, das ist eine Idee.“ Eine unüberbrückbare Kluft schien sie wieder zu trennen.

Goethe überwand sich und erwiderte: „Das kann mir sehr lieb sein, daß ich Ideen habe, ohne es zu wissen, und sie sogar mit Augen sehe.“ Er war verunsichert. Wenn Schiller das für eine Idee hielt, was ihm als Erfahrung galt, so mußte es zwischen beiden etwas Vermittelndes geben.

Zunächst waren es Schillers „Horen“, eine Zeitschrift, für die nun Goethe manches aus seiner Schublade, wie er es später ausdrückte, „hergab“. Dann wurden es die „Xenien“.

66. Lachsalven

Schiller wohnte im Haus des Jenaer Theologen Johann Jakob Griesbach. Eine zeitlang kam Goethe fast jeden Nachmittag gegen vier Uhr zu ihm und blieb bis zum Abendessen. Er trat meist schweigend ein, beschäftigte sich mit einem Buch oder zeichnete etwas. Wenn ihm Schillers Sohn Karl Friedrich, ein kleiner Wildfang, mit seiner Peitsche ins Gesicht schlug, drohte er, mit seinem Kopf Kegel zu schieben. Griesbach, der eine Etage tiefer wohnte, hörte mitunter lange gar nichts und dann ein unbändiges Lachen. Den Grund konnte er sich denken, als die „Xenien“ erschienen.

67. Geheimrätliche Auskunft

Als im „Musenalmanach für das Jahr 1797“ die „Xenien“ erschienen, gaben Goethe und Schiller, wie sie übereingekommen waren, die Sammlung satirisch bissiger Distichen als Gemeinschaftsarbeit aus. Herzog Carl August allerdings hoffte, die Urheberschaft genauer zu erfahren, indem er Goethe angelegentlich fragte, welche Verslein denn von dem Herrn Geheimrat seien. „Das kann ich Ihnen genau sagen“, antwortete Goethe. „Alle, die nicht von Schiller sind.“

68. Mutter

Aus seinem Versepos „Hermann und Dorothea“ las Goethe nie ohne Rührung vor. Freiherr von Wolzogen, Schillers Freund, sah ihn zum Gespräch Hermanns mit der Mutter am Birnbaum sich die Augen trocknen. „So schmilzt man bei seinen eigenen Kohlen“, sagte der Dichter.

69. Angepackt!

Franz Grillparzer begegnete auf einem Spaziergang seinem älteren Kollegen und Förderer Joseph Schreyvogel, der 1795 in Jena Schiller und Goethe kennengelernt hatte. „Wie steht's mit der ‚Ahnfrau‘?“ fragte Schreyvogel schon von weitem.

„Es geht nicht“, gestand Grillparzer mißmutig.

„Dasselbe habe ich damals Goethe geantwortet, als er mich nach meinen Sachen fragte“, erzählte Schreyvogel.

„Und was hat Goethe dazu gemeint?“

„„Man muß nur in die Hände blasen‘, hat er gesagt, ‚dann geht’s schon!‘“

70. Väterlicher Rat

Jean Pauls Ruhm überstrahlte, besonders bei lesenden Damen, zeitweilig den Goethes. Als er sich in Weimar aufhielt, wandte sich die Sängerin Maticzek, die seinen Besuch erwartete, mit ihrem Herzklopfen hilfesuchend an Goethe und fragte ihn, wie sie den humorvoll versponnenen Romancier empfangen solle, vielleicht mit einer Probe ihres Gesangs ihm entgegentanzend.

„Kind!“ antwortete Goethe. „Mach’s wie bei mir und sei natürlich!“

71. Rezensenten

Als in einer Gesellschaft das Gespräch auf Literaturkritik kam, warf Jean Paul in die vielfältigen Klagen über ihre Ungerechtigkeiten ein: „Diese Rezensenten mögen über mich schreiben, was sie wollen – ich antworte ihnen nicht, es sei denn, einer behauptet, daß ich einen silbernen Löffel gestohlen habe.“

„Auch dann“, sagte Goethe, „auch dann muß man schweigen.“

72. Anfänge eines Goethe-Museums

„Ein Herr Tieck wünscht Sie zu sehen“, meldete der Diener.

Ludwig Tieck war sich auf Grund seiner

Veröffentlichungen einiger Bekanntheit in Weimar so sicher, daß er sich ohne die notwendige Empfehlung bei Goethe als Besucher hatte melden lassen. Zunächst wies Goethe den Diener an, Tieck abzuweisen. Doch gleich besann er sich und erschien selbst im Vorzimmer.

„Sie wünschen mich zu sehen?“

„Gewiß, Herr Geheimer Rat“, bestätigte Tieck.

Goethe drehte sich langsam einmal um sich selbst und sagte: „Nun, so sehen Sie mich!“ Da der Besucher nicht wußte, was er dazu sagen sollte, fragte Goethe: „Haben Sie mich gesehen?“

„Unzweifelhaft!“

„Nun, so können Sie wieder gehen.“ Mit diesen Worten wandte sich Goethe wieder seiner Tür zu.

„Noch einen Augenblick, Herr Geheimer Rat, wenn ich bitten darf“, sagte Tieck.

„Was wünschen Sie noch?“

Tieck wühlte mit der Hand in seiner Tasche: „Was kostet die Besichtigung?“

Goethe betrachtete den Besucher lange und versuchte sich wortlos zu sammeln. Dann sagte er: „Sie gefallen mir! Treten Sie bei mir ein.“

73. Weggelesen

Im alten Schloß zu Jena las Ludwig Tieck seine „Genoveva“ vor. Als er schloß, glaubte Goethe, es sei zehn Uhr. Es war aber schon weit später. Ein Urteil über das Gehörte wollte Goethe nicht fällen. „Das will aber schon was heißen“, sagte er nur, „mir so drei Stunden aus meinem Leben weggelesen zu haben.“

74. Der maßvolle Genießer

In einer Jenaer Weinstube beobachteten Studenten zunehmend angeheitert, wie ein einzelner Gast, den sie für einen Philister hielten, seinen Wein, eine bekanntermaßen feurige Marke, mit etwas Wasser verdünnte. Man wunderte sich, man spöttelte und witzelte in immer loserer Weinlaune, bis einer an den Tisch trat und lallte: „Sagen Sie mal, alter Herr, warum fälschen Sie so sündhaft eine reine Gabe des Bacchus?“

Goethe antwortete:
„Wasser allein macht stumm,
Das beweisen im Teiche die Fische.
Wein allein macht dumm,
Das beweisen die Herren am Tische!
Dieweil ich nun keins von beiden möcht’ sein,
So trink ich vermischt mit Wasser den Wein.“

75. Neuschnee

Goethe bemerkte, ans Fenster tretend, daß während einer angeregten Unterhaltung der erste Schnee gefallen war. Überwältigt von der unverhofften Pracht, die Jenas Dächer, Gärten und Berge einhüllte, rief er dazu auf, jeder möge ein paar Verse darauf dichten.

Karl Ludwig von Knebel hatte auf einem Blatt Papier als erster ein Distichon fertig. Goethe gefiel das kleine Werk seines „Urfreundes“ so gut, daß er nicht weiterschrieb.

„Knebel“, rief er, „für dieses Distichon gäb ich einen Band meiner Werke hin!“

UNGLÜCKSSTUNDEN

76. Seine Exzellenz

Der Briefwechsel zwischen Gottfried August Bürger und Goethe gestaltete sich mit der Zeit so herzlich, daß sie einander, ohne sich je gesehen zu haben, zu duzen begannen. Doch kaum war Goethe Minister geworden, führte er das Sie wieder ein.

Kurz nach Erscheinen der zweiten Ausgabe seiner „Gedichte", von denen er Goethe ein Exemplar gewidmet hatte, reiste Bürger nach Weimar und glaubte sich durch die Gabe so gut empfohlen, daß er eines Nachmittags zu ihm ging. Der Diener bedauerte, Seine Exzellenz sei beschäftigt.

Bürger hört allerdings Musik und läßt sich nicht abweisen.

„Seine Exzellenz", erklärt der Kammerdiener, „probt gerade mit dem Kapellmeister Reichardt. Auch zur Musik seine Meinung zu sagen, gehört zu seinen Staatsgeschäften."

„Melden Sie gefälligst Seiner Exzellenz, Bürger aus Göttingen wünscht seine Aufwartung machen zu dürfen."

Die Musik verstummt. Bürger wird in ein Audienzzimmer geführt. In der Tür schon kommt ihm der Hausherr bewegt entgegen, so daß sie zusammenstoßen. „Sie sind Goethe? Ich bin Bürger", stammelt der Besucher zurückweichend. Goethe verbeugt sich, bietet ihm Platz auf einem Sofa an und wirft in das betretene Schweigen die Frage, wieviele Studenten an der Göttinger Universität eingeschrieben wären. Bürger weiß es nicht genau und antwortet, so gut er kann. Man schweigt, man räuspert sich, schaut einander an, fragend, verlegen, bis Bürger aufsteht und sich empfiehlt. Goethe, ebenfalls aufgestanden, verbeugt sich mitten im Zimmer, entläßt den Gast.

Schon auf der Straße fielen Bürger die Verse dieses Epigramms ein:

„Mich drängt' es in ein Haus zu gehn,
Drin wohnt' ein Künstler und Minister.
Den edeln Künstler wollt ich sehn
und nicht das Alltagsstück Minister.
Doch steif und kalt blieb der Minister
Vor meinem trauten Künstler stehn,
Und vor dem hölzernen Minister
Kriegt ich den Künstler nicht zu sehn:
Hol ihn der Kuckuck und sein Küster!"

77. Wes Brot ich eß...?

Die Gemeinsamkeit vieler Anschauungen war es, die Goethe bewogen hatten, Carl August die Berufung Johann Gottfried Herders nach Weimar anzuraten. Die Französische Revolution und die Ausrufung der Republik jedoch förderte immer wieder Meinungsverschiedenheiten zwischen den schon von Straßburg her befreundeten Geistern zutage, bis sie sich voneinander zurückzogen. Auch der Herzog und seine Mutter mißbilligten manche Äußerungen ihres Generalsuperintendenten deutlich.

An frühere Einmütigkeit erinnert, soll Goethe zu Herder gesagt haben: „Ich nehme jetzt die Grundsätze meines gnädigsten Herrn an, er gibt mir zu essen, es ist daher meine Schuldigkeit, daß ich seiner Meinung bin."

78. Doppelter Widerhaken

Kurz vor seinem Tod war Herder nach einer Theateraufführung von Goethes „Natürlicher Tochter“ in Jena voll versöhnlichen Lobes für das Stück. Er schloß allerdings mit den Worten: „Am Ende ist mir aber doch dein natürlicher Sohn lieber als deine ‚Natürliche Tochter‘.“

79. Verwechslung mit dem Schwager

Als „Die natürliche Tochter“ in Leipzig aufgeführt wurde, wandte sich nach dem zweiten Akt ein Student an seinen Sitznachbarn, einen älteren Herrn, und fragte: „Entschuldigen Sie! Ist das Stück nicht von Vulpius, dem Verfasser des ‚Rinaldo Rinaldini‘?“

„Nein“, sagte der Herr bestimmt. „Es ist von Goethe.“

Nach dem vierten Akt meldete sich der Student wieder: „Aber das Stück kommt mir so vor, als wäre es von Vulpius.“

„Es ist von Goethe“, beharrte der Nachbar.

Am Schluß rief der Student in den Applaus: „Sie mögen sagen, was Sie wollen, das war ein Stück von Vulpius!“

Der fremde Herr erhob sich und schaute den Studenten scharf an: „Das Stück ist von Goethe! Und ich bin Goethe.“

„Sehr erfreut“, erwiderte der junge Mann, „mein Name ist Müller.“

80. Unglücksstunde

1794 hörte Friedrich Hölderlin Vorlesungen an der Universität Jena, vor allem bei Fichte. Er verkehrte aber auch bei Schiller, der ihm eine Hofmeisterstelle beim Sohn der Charlotte von Kalb im thüringischen Waltershausen vermittelt hatte und ein Fragment des „Hyperion" in seiner „Neuen Thalia" veröffentlichte. Als er Schiller zum erstenmal zu Hause besuchte, bemerkte er im Hintergrund des Zimmers, in das er geführt wurde, einen Fremden, der, von Wuchs kleiner als sie beide, eine alltäglich Miene zur Schau trug und auch nichts Besonderes sagte. In seiner Erregung verstand Hölderlin den Namen nicht, den Schiller bei der wechselseitigen Vorstellung murmelte, und sein Gruß fiel flüchtig und fast ohne einen Blick aus. Der fremde Herr beteiligte sich mit keinem Wort an dem schwäbelnden Schwatz der beiden Landsleute, und auch als Schiller hinausging, um etwas zu holen, hüllte er sich in Schweigen. Er nahm die „Thalia" vom Tisch und blätterte im Hyperion-Fragment. Hölderlin errötete und wartete auf eine Bemerkung, vergeblich. Stattdessen erkundigte der Herr sich nach Frau von Kalb, nach der Gegend, in der sie lebte, und ihren Gutsnachbarn. Hölderlin antwortete einsilbig. Die Themen schienen ihm belanglos. Sie kamen aufs Weimarer Theater zu sprechen, und der Herr flocht ein paar Worte ein, zu denen Hölderlin aufhorchte. Doch auch als der Schweizer Maler und Kunsthistoriker Johann Heinrich Meyer, der „Kunscht-Meyer", aus Weimar hinzukam, ahnte er nichts.

Erst abends im Professorenclub erfuhr Hölderlin,

daß er seine Unglücksstunde gehabt hatte. Der Fremde war Goethe gewesen.

Er blieb aber Goethe dennoch kein Unbekannter; nur daß der Geheime Rat es sich nicht abgewöhnte, ihn „Hölterlein“ zu nennen.

81. Der einsilbige Genießer

Jean Paul stellte bei seinen Aufenthalten in Weimar erstaunt fest, daß „die drei Turmspitzen“ der Literatur, wie er Herder, Goethe und Wieland – vielleicht unter dem Eindruck des nahen Erfurter Doms – nannte, einander mieden. Er fand Goethe einsilbig und kalt und beobachtete „etwas steifes reichsstädtisches Stolzes“ an dem großen, „mit dem feinsten Geschmack“ gekleideten Dichter, den nur noch Kunstgegenstände und Mineralogie erwärmten, weshalb er vor dem Besuch Knebel scherzhaft gebeten hatte, ihn „durch einen Mineralbrunnen zu petrifizieren und zu inkrustieren“, damit er sich „im vorteilhaften Licht einer Statue zeigen könnte.“ Als Knebel im Gespräch erwähnte, die Franzosen seien in Rom eingezogen, brummte Goethe nur: „Hm!“ Das Plaudern über die Kunst und ihr Publikum sowie eine kleine Lesung eigener Verse belebte den Gastgeber endlich bei einem Glas Champagner, so daß den Abschied ein freundlicher Händedruck begleitete sowie die Aufforderung, wiederzukommen. „Auch frisset er entsetzlich“, schrieb Jean Paul dann in einem Brief.

82. Ungenießbar

Wenn Goethe nach Tiefurt eingeladen wurde, orakelte er seufzend: „Es wird wieder Sauerkraut geben!“ Goullon, Anna Amalias Mundkoch, der spätere Besitzer des „Hotel de Saxe“, hatte die Anpassung an den deutschen Geschmack etwas zu weit getrieben.

Eines Mittags saß Goethe am Tisch der Herzoginmutter verdrießlich vor seinem Teller. Es gab Sauerkraut. Wortlos nahm er sich die Freiheit, aufzustehen und ins Nebenzimmer zu gehen. Dort fand er auf dem Tisch ein aufgeschlagenes Buch. Eine Weile war es still. Dann hörte man ihn aufspringen und knurren: „Nein, das ist zu arg! Erst Sauerkraut und dann fünfzehn Seiten aus Jean Paul! Das halte aus, wer will!“

83. Schweigend ins Gespräch vertieft...

Madame de Stae'l wurde von Goethe mit großer Spannung erwartet, hatte sie sich doch die lohnende Aufgabe gestellt, den Franzosen die deutsche Literatur näherzubringen. Nach ihrem Besuch wollten Goethes Freunde gern wissen, wie sie sich unterhalten hätten.

„Es war eine interessante Stunde“, antwortete Goethe. „Ich bin nicht zu Worte gekommen. Sie spricht gut, aber viel, sehr viel.“

Die Stae'l, von einer Damenrunde vor dieselbe Frage gestellt, meinte: „Er hat so gut gesprochen, daß ich gar nichts sagen konnte. Aber man hört ihm gern zu.“

84. Einer von beiden

Zu Neujahr 1805 schrieb Goethe seinem Freund Schiller einen Gruß. Beim Durchlesen erschrak er: Unwillkürlich hatte er, einer sonderbaren Gewohnheit folgend, vom „letzten Neujahrstag" geschrieben. Sofort zerriß er das Blatt. Als er den Gruß noch einmal schrieb, drängte sich ihm dieselbe sonderbare Wendung auf. Nur mit äußerster Konzentration verhinderte er es, daß sie ihm nochmals unterlief. Zu Frau von Stein, die er anschließend besuchte, sagte er, das komme ihm vor wie eine Ahnung, als müßte einer von ihnen, Schiller oder er selber, im angebrochenen Jahr sterben.

85. Unerbittlichs Schicksal

Als Schiller gestorben war, wagte niemand, es Goethe zu sagen. Die schwere Krankheit des Freundes hatte ihm schon einzelne Tränen in die Augen getrieben zu den Worten: „Das Schicksal ist unerbittlich und der Mensch wenig!"

Man rief Meyer heraus, der gerade bei Goethe war, als Schillers Tod bekannt wurde. Er schüttelte den Kopf und ging ohne ein Wort des Abschieds nach Hause.

Auch Christiane schwieg. „Ich merke es", sagte Goethe, „Schiller muß sehr krank sein."

Christiane erfand eine lange Ohnmacht, von der sich der Freund aber schon erholt habe. Sie mußte, obwohl sie keinen Schlaf fand, sich schlafend stellen, damit Goethe zur Ruhe kam.

Am Morgen fragte er: „Nicht wahr, Schiller war gestern sehr krank?“

Bei dem Wort „sehr“ schluchzte Christiane auf.

„Ist er tot?“ fragte Goethe.

„Sie haben es selbst ausgesprochen!“

„Er ist tot“, sagte Goethe, wandte sich mit den Händen vor den Augen zur Seite und weinte.

86. Ausgepfiffen

Am 2. März 1808 wurde in Weimar Heinrich von Kleists Komödie „Der zerbrochene Krug“ aufgeführt. Sie fiel total durch. Besonders der Darsteller des Adam hatte der Wirkung durch seine schwerfällige Redeweise geschadet. Ein Hofbeamter begann mit dem Pfeifen. Der Herzog beugte sich aus seiner Loge, empörte sich, wer es da wage, in Gegenwart seiner Gemahlin zu pfeifen, und befahl den Husaren, den Störer, der gerade flüchten wollte, festzunehmen und drei Tage einzusperren.

Goethe sagte, noch unter dem Eindruck des Mißerfolgs, zu Riemer: „Der Mensch hatte gar nicht so unrecht. Wäre ich nicht Minister, hätte ich mitgepfiffen.“

87. Noch ein Autodafé

Goethe ließ sich Stücke, die ihm in der Hoffnung eingesandt wurden, daß er sie in Weimar aufführe, von seinem Schreiber John vorlesen. Gewisse zeitgenössische Tendenzen stießen ihn schnell ab: „Ich rieche schon das Christentum“, pflegte er zu sagen.

„Das Käthchen von Heilbronn“ gelangte unter den Weimarer Theaterfreunden Jahre nach Kleists Tod allein durch Lektüre zu einigem Ruhm. Goethe jedoch murrte: „Ein wunderbares Gemisch von Sinn und Unsinn! Die verfluchte Unnatur! Das führe ich nicht auf, wenn es auch halb Weimar verlangt." Damit warf er das Stück in den Ofen und bereitete seinem Sekretär Kräuter, der es ihm gebracht hatte, eine große Verlegenheit, denn es war nur geborgt.

88. Empfindliche Stelle

Heinrich Heine kehrte im Oktober 1824 von seiner Harzreise über Jena und Weimar zurück nach Göttingen. Seine tiefe Verehrung für Goethe trieb ihn auch in das Haus am Frauenplan, und er wurde empfangen. Doch die Unterhaltung wollte nicht an Tiefgang gewinnen. Man redete zwar nicht gerade über das Wetter, aber es blieb bei den Pappeln und Pflaumenbäumen an der Chaussee zwischen Jena und Weimar. Plötzlich fragte Goethe. „Womit beschäftigen Sie sich jetzt?"

Überrascht antwortete Heine, der wirklich angefangen hatte, sich mit dem Stoff auseinanderzusetzen, und vom Ringen seines Gastgebers um der Tragödie Zweiten Teil keine Ahnung hatte: „Mit einem ‚Faust'."

Goethe stutzte. „Haben Sie", fragte er spitz, „weiter keine Geschäfte in Weimar?"

„Mit meinem Fuße über die Schwelle Ew. Exzellenz sind alle meine Geschäfte in Weimar beendet", antwortete Heine und empfahl sich.

KRIEG

89. Gehorsam

Im Gefolge der Französischen Revolution wurde Europa immer wieder von Kriegen erschüttert. Wenn Goethe mit Herzog Carl August, der als General in preußischen Diensten stand, dem Ruf des Kriegsgottes Mars folgte, verband er seine Reise möglichst auch mit zivilen Zwecken. Doch das oftmals rauhbeinige Leben im Feldlager und manche groben Scherze der Militärs machten auch um ihn keinen Bogen.

Einen Aufenthalt im schlesischen Altwasser, wo Preußen 1790 eine Interventionsarmee aufstellte, benutzte er, um im Riesengebirge mineralogischen Studien nachzugehen. Allerdings erschien eines Tages ein Professor aus Breslau, der sich mit dem Wunsch, Goethe kennenzulernen, nicht abweisen lassen wollte. Die Herren, an die er sich wandte, erkannten die Gelegenheit zu einem Ulk besonderer Art. Sie luden den Professor an einem bestimmten Tag zur Mittagstafel, gaben den Kammerdiener des Herzogs als Goethe aus und plazierten ihn neben den Ahnungslosen, dem in letzter Minute ins Ohr geflüstert wurde, wen er zu spielen hatte. Der Kammerdiener, der den sonderbaren Namen Venus führte, war ohne jede Bildung. Als Soldat hatte er nur das Gehorchen gelernt. So schickte er sich auch, so gut es eben ging, in die unverhoffte Rolle, und sooft der Professor mit ihm das Gespräch anzuknüpfen versuchte, das er mit Goethe zu führen glaubte, brummte er nichts als: „Hm! Hm!“ Schließlich entzog er sich der peinlichen Lage, indem er aufstand, sich zu dem gesprächigen Herrn verneigte und verschwand.

Man hatte die Sache geheimhalten wollen. Doch wer lacht gern im stillen allein. Auch in Breslau, wohin der Professor eiligst zurückkehrte, weil der boshafte Spaß in Altwasser sofort herumwar, wußte man schon davon. Goethe war über die Art, ihm einen Doppelgänger zu verschaffen, verstimmt. Carl August meinte, ein Professor, der sich so nasführen lasse, habe es nicht anders verdient.

90. Doch noch Paris?

Während des Interventionsfeldzuges 1792 in Frankreich bekam Goethe die französische Küche schlecht. Ein Wirt, bei dem er sich nur noch mit dem gleichfalls recht heiklen Knoblauch hatte behelfen können, reichte zum Abschied Goethes Diener einen Brief mit einer Empfehlung an seine Schwester in Paris, sagte aber nach einigem Hin und Her skeptisch: „Du wirst wohl nicht hinkommen."

91. Mephistopheles am Wachfeuer

In einer verlassenen Ortschaft waren keinerlei Vorräte mehr zu finden. Ein paar Jäger jedoch hatten in einem versteckten Keller noch ein Weinlager entdeckt und ließen Goethe unter dem Siegel der Verschwiegenheit hinein. Der Kenner nahm mit gespreizten Fingern zwei Flaschen in jede Hand, schlug sich den Mantel über und kehrte zum Wachfeuer zurück. Dort setze er sich auf eine große Egge, zwischen deren Zacken die Weinflaschen einen den Blicken verborgenen Platz fanden. Eine ließ er herumgehen, und der Letzte nahm, damit dem Spender auch etwas blieb, nur einen kleinen Zug. Goethe verstand es, die leere Flasche gegen eine volle auszuwechseln. Noch ließ die Runde sich auch diesen Schluck schmecken, ohne zu stutzen. Als aber die Flasche, als wäre sie dieselbe, zum dritten Mal ihren Weg von Mund zu Mund nahm, schrien die Kameraden auf wie die Gäste in Auerbachs Keller zu Mephistos Zauberkünsten.

92. Valmy

Nachdem am 20. September 1792 die Kanonade bei Valmy unter Marschall Kellermann die Interventionsarmee des Herzogs von Braunschweig zum Stehen gebracht und sich die junge französische Republik erfolgreich verteidigt hatte, verbreiteten sich in der Truppe Bestürzung, Angst und Ratlosigkeit. Man saß wortkarg in der Abenddämmerung auf morastigem Feld; wegen des langanhaltenden Regens konnte nicht einmal Feuer gemacht werden. Als das Schweigen beklemmend anhielt, wurde Goethe, den man als Mutspender schätzen gelernt hatte, gefragt, was er von der Lage halte.

„Von hier und heute“, sagte Goethe, „geht eine neue Epoche der Weltgeschichte aus, und ihr könnt sagen, ihr seid dabeigewesen.“

93. Zustände!

Ein alter, an Haaren und Bart ergrauter Husarenoffizier trat in Trier zu Goethe an den Tisch und fragte ihn, ob er alle die Strapazen des Rückzuges auch mit ausgestanden hätte. Mit seiner Antwort kam Goethe nicht weit. Der Husar mußte seinen Ärger loswerden. Fluchend erging er sich über die Zustände und besonders auch über die schlechte Führung des Feldzuges, über die unverantwortliche Art, in der die Befehlshaber die Armee so tief in den Dreck geführt hatten. Goethe versuchte ihn zu beschwichtigen. Aber der Haudegen gab keine Ruhe, bis ein Zivilist, der Goethe kannte, dazukam und seine Hoffnung ausdrückte, Goethes geschickte Feder werde alles genau darstellen und aufklären. Doch der Husar wollte es anders wissen: „Glaubt das nicht!“ rief er. „Er ist viel zu klug! Was er schreiben dürfte, mag er nicht schreiben, und was er schreiben möchte, wird er nicht schreiben.“

94. Rechtzeitige Warnung

Bei der Belagerung von Mainz, das die Franzosen 1793 hartnäckig verteidigten, lockte das technische Interesse, vielleicht auch der Nervenkitzel, Goethe immer wieder in die Linien und Geschützbatterien. Mitten im Pulverdampf, zwischen rußigen Gesichtern und im Lärm vorbeisausender und berstender Granaten beobachtete er, besonders wenn es Nacht wurde, die feurigen Flugbahnen der Geschosse und unterhielt sich mit Artilleristen fachmännisch über ihre Berechnung.

Einmal wagte er sich zu einem so weit vorgeschobenen Posten, daß der Kommandeur ihn aufforderte, schleunigst umzukehren. Keine fünf Minuten, nachdem Goethe sich der Warnung gefügt hatte, schlug gerade an der Stelle, wo er gestanden hatte, eine französische Granate ein. Es gab Tote und Verwundete. Den Kommandeur selbst traf ein Splitter in den Arm.

95. Ein Federstrich

Lord Bristol, der Bischof von Derry, suchte auf der Durchreise in Jena ein Gespräch mit Goethe über den „Werther". Wie viele in Vorurteilen befangene Zeitgenossen verdammte er das Buch, das viele junge Menschen zum Selbstmord verleitet habe, als unmoralisch.

Goethe wies den Tadel zurück. Wenn er so darüber urteile, was ein Dichter geschrieben habe, sagte er, wieviel schwerere Vorwürfe müßte er dann gegen die Mächtigen dieser Erde erheben, die ihre Völker zu Mord und Plünderung aufhetzen, die mit einem einzigen Federstrich hunderttausend Menschen in die Schlacht schicken, von denen dann achtzigtausend fallen! Welch eine Schuld treffe dann die Priester, die in ihren Predigten mit der Androhung von Höllenstrafen die Gläubigen fast um den Verstand bringen! Ob man denn, fragte er, einen Schriftsteller dafür zur Verantwortung ziehen dürfe, daß ein paar beschränkte Geister sein Werk falsch aufgefaßt haben. „Damit", schloß er, „ist die Welt höchstens von einem Dutzend Dummköpfen und Taugenichtsen befreit, die gar nichts Besseres tun konnten, als den schwachen Rest ihres bißchen Lichtes vollends auszublasen."

Diese Erwiderung machte den Bischof sehr umgänglich, und Goethe genoß mit ihm einen unterhaltsamen Abend.

96. Unruhige Nacht

Als am 14. Oktober 1806 die Schlacht bei Jena und Auerstedt für Preußen und seine Verbündeten, also auch Sachsen-Weimar, verlorenging, war am Frauenplan seit morgens 7 Uhr Kanonendonner zu hören. Man aß wie gewöhnlich gegen 3 Uhr zu Mittag. Der Schlachtenlärm kam näher. Goethe ging unruhig im Hausgarten auf und ab. Bald pfiffen Kanonenkugeln über das Dach. Eine traf das nahe Theater. An der Ackerwand eilten flüchtende preußische Soldaten vorüber. Die preußische Einquartierung räumte Hals über Kopf das Haus.

Nach etwa einer Stunde erfüllte, so der Bericht Riemers, „eine furchtbare Stille die Straßen und den Platz vor Goethes Haus“.

Dann sprengten französische Husaren durchs Frauentor. Man hielt Wein und Bier bereit, um die Sieger zu erfrischen und zu beruhigen. Goethe, unterwegs zum Schloß, begrüßte unter den Offizieren einen Bekannten, den Baron von Türckheim, Sohn seiner früheren Verlobten Lili Schönemann. Seinem Haus war Marschall Ney mit seiner Suite zur Einquartierung zugeteilt worden. Zunächst aber kamen elsässische Kavalleristen, die sich übermüdet rasch schlafen legten. Auch Goethe begab sich, da er, zurückkehrend, den Marschall nicht vorfand, zur Ruhe.

In der Stadt gingen das Plündern, Mißhandeln und

Brandstiften weiter. Flüchtlinge drängten in Goethes Haus. Christiane bekam als Hausherrin alle Hände voll zu tun. Spät in der Nacht erschütterten die Stöße von Gewehrkolben die Haustür. Erst der energische Ruf des elsässischen Kavallerieoffiziers, der die Marodeure ins Biwak zurückverwies, sorgte für eine Atempause. Die Soldaten kamen wieder, verlegten sich auf höfliches Bitten, drohten dann aber, Tür und Fenster einzuschlagen. Riemer hielt es für besser, zu öffnen. Tirailleurs in voller Bewaffnung brachen ein und ließen sich aus Küche und Keller bedienen. Sie waren unersättlich. Als sie Wind davon bekamen, in wessen Haus sie sich befanden, verlangten sie dringlich, Goethe zu sehen. Goethe bequemte sich dazu, im Nachtrock, seinem „Prophetenmantel", zu erscheinen, erinnerte daran, daß sein Haus dem Marschall Ney vorbehalten sei, und ließ sich nötigen, mit den Soldaten ein Glas zu trinken. Der Wein machte die Eindringlinge müde, zugleich aber auch kühn in ihren Forderungen. Sie wollten durchaus nicht auf den Dielen schlafen, sondern verfolgten Goethe und Christiane dorthin, wo sie Betten vermuteten. Als sie nicht nur mit den Betten vorliebnehmen wollten, die für die Suite des Marschalls bereitstanden, bedrohten sie den Dichter auf seiner Schlafstatt so ernstlich, daß Christiane um sein Leben bangte und nur mit Hilfe einiger Geflüchteter das Schlimmste verhindern konnte. Im Morgengrauen erschien der Marschall. Er und seine Leute vertrieben die Tirailleurs mit der flachen Klinge.

Am 19. Oktober 1806 ließ sich Goethe in der Jakobskirche mit Christiane, der Mutter seines Sohnes August, trauen.

97. Diese Person

Die Weimarer Gesellschaft hatte Goethe das Konkubinat mit Christiane Vulpius verargt. Nun schnitt sie die als nicht standesgemäß befundene Ehefrau. Man empfing „diese Person“ nirgends. Nur Johanna Schopenhauer, die Mutter des später berühmten und von Goethe geschätzten Philosophen, öffnete ihren Salon dem Paar. „Ich denke“, meinte sie, „wenn Goethe ihr seinen Namen gibt, können wir ihr wohl eine Tasse Tee geben.“

Fräulein Vulpius, frisch und rotwangig, eine Thüringerin bis in die waschechte Mundart, wurde als Frau Geheimrätin füllig. „Es ist doch wunderlich“, äußerte Goethe einmal ohne jeden Mißmut, „die Kleine kann gar kein Gedicht verstehen.“ Von rascher, beweglicher Natur, liebte sie das Vergnügen. „Der Herr Geheimrat und ich“, hörte jemand aus ihrem Mund, „wir sitzen immer und sehen einander an. Das wird am Ende langweilig.“

Goethe ließ sie gewähren und bekundete immer wieder, daß er wußte, was er an ihr hatte. „Sollte man wohl glauben“, sagte er zu Freunden, „daß diese Person schon zwanzig Jahre mit mir gelebt hat? Aber das gefällt mir eben an ihr, daß sie nichts von ihrem Wesen aufgibt und bleibt, was sie war.“

98. Umwidmung einer Kriegsbeute

Als Amtsperson im besetzten Jena hatte Goethe einem französischen Kaplan Stoff zu liefern, der den Altar seines Regiments als Behang schmücken sollte. Das glänzend karmoisinrote Zeug, das ihm zur

Verfügung gestellt wurde, mißfiel dem Geistlichen allerdings. Die Beschwerde beantwortete Goethe mit dem Bescheid: „Schicken Sie mir jenes Zeug, ich will sehen, ob ich Ihnen etwas Besseres verschaffen kann." Der requirierte rote Stoff kam in die Kostümschneiderei des Weimarer Theaters, und der Kaplan hörte nichts wieder von Goethe.

99. Zwillingsnationen

Als der Rheinbund die deutschen Staaten zu französischen Vasallen machte, wurden Befürchtungen laut, nun werde die deutsche Sprache aussterben. In einer Unterhaltung äußerte Goethe zu solchen Spekulationen: „Nein, das glaube ich nicht. Die Deutschen würden wie die Juden sich überall unterdrücken lassen, aber unvertilgbar sein wie diese, und wenn sie kein Vaterland mehr haben, erst recht zusammenhalten."

100. Politik statt Tragödie

Als Napoleon 1808 auf dem „Fürstentreffen" in Erfurt die Neuordnung Europas verhandelte, erschien am 2. Oktober auch Goethe zu einer Audienz im Dalbergschen Palais. Er hatte es vom Geleitshaus, wo er wohnte, nicht weit, und ließ sich pünktlich elf Uhr melden. Der Kaiser, der den „Werther" als junger General des Direktoriums, als so feuriger wie eifersüchtiger Liebhaber der Josephine Beauharnais in der Feldbibliothek mitgeführt hatte und nun den Gipfel seiner Macht genoß, frühstückte und beriet sich zugleich mit einigen seiner Marschälle und seinem Außenminister Talleyrand.

Er winkt Goethe aus der schicklichen Entfernung, in der er wartet, heran und sagt etwas wie: „Vous eˆtes un homme“ oder „Voilà un homme!“ Für seine sechzig Jahre habe er sich recht frisch gehalten. Marschall Daru hofft dem Gespräch eine Richtung zu geben, indem er Goethes Übersetzung der Tragödie „Mahomet“ von Voltaire rühmt. Doch Napoleon findet, das sei kein gutes Stück. Auch am „Werther“ hat er bei aller Wertschätzung etwas auszusetzen. Die Vermischung zweier Motive, des gekränkten Ehrgeizes und der leidenschaftlichen Liebe, sei nicht naturgemäß und schwäche beim Leser die Vorstellung von dem übermächtigen Einfluß, den die Liebe auf Werther habe. „Warum haben Sie das getan?“

Goethe kann nicht umhin, in dieser Beanstandung Scharfsinn zu entdecken. Er versucht sein Vorgehen aber als Kunstgriff zu rechtfertigen. Da kommt Napoleon wieder auf das Drama zu sprechen, etwas mürrisch. Er hat soeben über Kontributionen entschieden und über Maßnahmen gegen den Guerrillakrieg in Spanien. Die schicksalhaften Geheimverhandlungen Talleyrands mit Alexander I. bewirken beim Zaren, der mit ihm noch verbündet ist, schon einen unerklärlichen Widerstand gegen alle französischen Pläne einer Aufteilung Europas. Tragödien, „Schicksalsstücke“, mißfallen dem berechnenden Militär wie dem siegreichen Herrscher, dem Glücksbringer einer neuen Zeit gleichermaßen. „Sie haben einer dunklern Zeit angehört“, stellt der kaiserliche Literaturkritiker fest. Und er fragt rhetorisch: „Was will man jetzt mit dem Schicksal? Die Politik ist das Schicksal!“

Als er dann Goethe empfahl, ein Stück über Brutus

zu verfassen, und Goethe dies im stillen als „zu heiklich“ abtat, als sie am Abend des 6. Oktober nach einer großen Jagd in den Wäldern des Ettersberges, die den Großherzog 8000 Taler kostete, im Weimarer Theater Voltaires „Tod Cäsars“ sahen und den Pariser Schauspieler Talma bewunderten, ahnten sie beide noch nichts von dem Schicksal, das den Kaiser und seine Große Armee bald ereilen sollte.

101. Deutsche Freiheit?

Theodor Körner, Sohn von Schillers Freund Gottfried Körner, berichtete 1813 auf einem Urlaub in Dresden begeistert von seinen Kämpfen mit den Lützowern gegen die napoleonischen Truppen. Goethe, der zugegen war, konnte seine Hoffnungen auf ein freiheitliches Deutschland nicht teilen. „Schüttelt nur an euren Ketten“, sagte er schroff, „der Mann ist euch zu groß. Ihr werdet sie nicht zerbrechen.“

102. Verzicht

Das Haus der Malers Gerhard von Kügelgen, der 1810 auch Goethe porträtiert hatte, bot mit seinen Fenstern an der Hauptstraße am 24. April 1813 bestens Gelegenheit, den Einzug des russischen Zaren Alexander I. und des preußischen Königs Friedrich Wilhelm III. in Dresden zu beobachten. Goethe kam als Freund des Hauses, um den Anblick zu genießen. Wilhelm von Kügelgen, der zehnjährige Sohn des Gastgebers, berichtet später in seinen „Jugenderinnerungen eines alten Mannes“, wie, nachdem heftig an der Klingel gerissen worden war, eine Unbekannte in die Tür stürmte, „groß und stattlich wie ein Kachelofen und nicht weniger erhitzt“, und den Jungen, der ihr geöffnet hatte, fragte: „Ist Goethe hier?“ Da erkannte sie „ihren Götzen“ auch schon, lief auf ihn zu und überschüttete ihn: „Goethe! Ach Goethe, wie hab ich Sie gesucht! Und war denn das recht, mich so in Angst zu setzen?“

Goethe wandte sich langsam um und wies auf die Dame des Hauses: „Da ist auch Frau von Kügelgen.“

Doch die Verehrerin setzte nach einer knappen Verbeugung in diese Richtung ihren Wortschwall fort. Goethe knöpfte schweigend seinen Mantel bis ans Kinn zu, und als der Hausherr mit seinem Eintreten einen Augenblick lang die Aufmerksamkeit auf sich zog, „war Goethe plötzlich fort.“

103. Mucken

Als Weimar im Herbst 1813 wieder preußische Einquartierung über sich ergehen lassen mußte, berichtete ein dicker alter Major beim Wein über seinen Quartiergeber: „Ich stehe bei einem jewissen Gothe oder Göthe oder weiß der Teufel, wie der Kerl heißt.“

Die anderen Offiziere riefen emphatisch und neidvoll aus, da stehe er ja bei dem berühmten Goethe.

„Kann sin, ja, ja, nu, nu“, sagte der dicke Major. „Dat kann woll sin. Ick habe dem Kerl auf den Zahn jefühlt. Es scheint, er hat Mucken im Kopf.“

104. Olympiergrimassen

In Heidelberg meldete sich bei Goethes Gastgebern 1814 ein preußischer Offizier mit dem dringlichen „Lebenswunsch“, er habe einen Umweg von zwanzig Meilen gemacht, um den berühmten Dichter „von Angesicht zu Angesicht zu schauen“.

Goethe, der noch im Bett lag, lehnte, als ihm das gemeldet wurde, in Anbetracht der frühen Stunde ab. Doch der Offizier ließ sich nicht zurückweisen. Er habe wegen seines Abweichens von der Marschrute Strafe zu gewärtigen und wolle sie nicht umsonst hinnehmen. Doch auch damit ließ sich Goethe nicht umstimmen.

Da stieß der martialische Verehrer den Kammerdiener zur Selte, zückte seinen Säbel und verschaffte sich so Zutritt zu Goethes Schlafzimmer. „Noch habe ich“, rief er, „jede Schanze, auf die ich losstürmte, gewonnen, und das Bett eines eigensinnigen Poeten sollte mir verborgen bleiben?“

Goethe jedoch schnitt eine Reihe so schrecklicher Grimassen, daß der Eroberer, den allein schon der Anblick des ruhenden Dichters weich gestimmt hatte, schleunigst Reißaus nahm.

KURGAST

105. Mineralogische Namenskunde

Goethe trieb seine mineralogischen Studien bei jedem Wetter. Während eines Badeaufenthaltes im thüringischen Ruhla 1789 brach er, obwohl der Tag schon trüb begann, zum Inselsberg auf und ließ sich auch von seinem Begleiter, dem Oberforstmeister von Stein, der Regen voraussagte, nicht zurückhalten. Der Nebel verdichtete sich, es begann zu regnen.

„Hab ich's nicht gesagt?“ räsonierte von Stein. Goethe sammelte Steine, zerschlug sie mit einem Hammer, nannte unaufhörlich Gesteinsarten und ihre Eigenschaften und kümmerte sich mit keinem Wort um das Murren des Herrn von Stein. „Was gehen mich Ihre Steine an!“ schimpfte der Oberforstmeister. „Ihr Starrsinn hat uns in dieses nasse Wetter geführt!“

Da Goethe weiter Gesteinsnamen im Mund führte, fragte er schließlich: „Da Sie ein so großer Mineraloge sind – sagen Sie mir doch: Was bin ich für ein Stein?“

„Auch das will ich Ihnen sagen“, war die Antwort. „Sie gehören in die Klasse der Kalksteine. Kommt Wasser darauf, so brausen sie.“

106. Fremde Federn

In Karlsbad huldigte 1795 eine Dame dem Kurgast Goethe als dem Verfasser des „Giafar der Barmecide“. Der Roman war ein Werk Friedrich Maximilian Klingers. Aber da die Dame, wie Goethe in einem

Brief an Schiller schrieb, ein „allerliebstes Weibchen“ war und er ihr so „in dem vorteilhaftesten Lichte erschien“, ließ er sie während drei Wochen in diesem Irrtum.

107. Massenkost

Unterwegs zur Kur, übernachteten Goethe und Riemer 1806 in Asch. Die Nacht war laut, denn wegen des großen Zulaufs wurde „Die Hussiten vor Naumburg“ von dem modischen Erfolgsschriftsteller August von Kotzebue in einer Scheune aufgeführt. Nachdem sie sich spaßeshalber einen Akt angeschaut hatten, sagte Goethe, wer solche Scharen hungriger Raben sattmache, sei auch ein vortrefflicher Mann.

108. Hader mit der Schöpfung

Auf der Kurpromenade in Karlsbad äußerte sich Goethe bisweilen verdrossen über gewisse „unsaubere Gesichter“, die ihm beim Spazierengehen begegneten. Erschrocken sah er meistens gleich weg. Einmal glaubte er dennoch den „leibhaftigen“ Weimarer Gymnasialprofessor Böttiger erkannt zu haben, den er wegen seiner pedantischen Aufdringlichkeit verabscheute.

„Sie haben wirklich den Leibhaftigen gesehen“, bestätigte sein Begleiter.

„Gottlob!“ seufzte Goethe. „Wie gut, daß Gott nicht ein zweites solches Arschgesicht geschaffen hat.“

109. Gefährliche Bücher

In Teplitz hörte Goethe einen katholischen Gelehrten sich im Beisein von Napoleons königlichem Bruder Louis Bonaparte des langen und breiten über die Gefährlichkeit der Bücher und des Buchhandels auslassen.

„Ist das gefährlichste aller Bücher, in weltgeschichtlicher Hinsicht“, warf Goethe ein, „nicht unstreitig die Bibel? Kein anderes Buch hat außer Gutem auch so viel Böses im Menschengeschlecht zur Entwicklung gebracht.“

Der Doktor wurde bleich und dann wieder rot. „Zuweilen“, sagte er dann milde und freundlich, „zuweilen schimmert bei Herrn Goethe doch ein wenig der Ketzer durch.“

110. „Tüchtich rinjefallen“

Der preußische General und Staatsmann Ernst von Pfuel ließ sich im August 1810 von Goethe zu einer Ausfahrt einladen. Man besuchte Schloß Dux und gedachte Giacomo Casanovas, der dort als Bibliothekar gestorben war, ging durch den Waldsteinschen Park, besichtigte alte Waffen, eine Mineraliensammlung und Erinnerungsstücke an Wallenstein. Dann fuhr man weiter zum Kloster Osegg, besichtigte die prächtige Barockkathedrale und unterhielt sich mit dem Zisterzienserpater Cyprian über neuere deutsche Literatur. Der Pater, ahnungslos, mit wem er sprach, schmähte einen gewissen Goethe, und Goethe bekräftigte ernsthaft alles, was er sagte, so daß von Pfuel sich sehr beherrschen mußte, um nicht herauszuplatzen. „Herr Jott, ha' ick mir amüsiert!" lachte der Preuße draußen, lobte den köstlichen Tag und erkundigte sich, wie er zu dieser Ehre gekommen sei.

„Morgen erfahren Sie es", verabschiedete sich Goethe.

Von Pfuel fand am anderen Morgen Goethe beim Frühstück etwas mißmutig und fragte, ob ihm die Ausfahrt etwa nicht bekommen sei.

Die sei ihm vortrefflich bekommen. „Aber", fragte Goethe, „wie sagt der Berliner, wenn sich einer schwer täuscht?"

„Tüchtich rinjefallen."

„Dann bin ich gestern ‚tüchtich rinjefallen'! Wissen Sie, weshalb ich Sie entführt habe? Vorgestern habe ich gewisse Vorbereitungen beobachtet. Ich wollte aber meinen Geburtstag nicht in Teplitz zubringen, denn ich hasse alle diese lästigen offiziellen Gratulationen."

„Alle Wetter!" rief von Pfuel und gratulierte nachträglich.

„Aber als ich nun gestern nach neun Uhr zurückkam, verstellte mir doch der Wirt den Weg. Das hätte ich ihm doch nicht antun sollen, das sei nicht recht, nun müsse ich doch kommen, sonst riefe er die ganze Gesellschaft zu Hilfe." Und Goethe erzählte, wie er in den Garten geschleppt worden war unter dem Tusch des Badesextetts, den Hochrufen der Gäste und all den Ovationen, denen er hatte entgehen wollen, bis zu einer illuminierten Laube, in der er ein mannshohes Transparent gewahrte.

„Ihr Bildnis!" riet von Pfuel.

Aber es war – und nun lachte Goethe, durchs Erzählen erleichtert, – ein riesiges gemaltes Schwein gewesen, denn Teplitz feierte die Entdeckung seiner Heilquellen, und der Überlieferung zufolge hatte ein Schwein sie gefunden.

111. Welchen haben wir denn heute?

Am 27. August 1818 läßt Goethe seinen Diener Stadelmann zwei Flaschen Rotwein und zwei Gläser bringen. Dann geht er im Zimmer umher und leert von Zeit zu Zeit ein Glas. Der Hofmedikus Rehbein, Goethes Hausarzt erscheint zu einem Routinebesuch. Goethe empfängt ihn mit Zeichen der Ungeduld: „Sie sind mir ja ein schöner Freund! Kommen Sie, trinken wenigstens Sie endlich auf meine Gesundheit!"

Da der Arzt ihn aber nur verwundert anschaut, fragt Goethe: „Welchen haben wir denn heute?"

„Den siebenundzwanzigsten August, Exzellenz", antwortet Rehbein.

„Nein!" widerspricht Goethe. „Heute ist der achtundzwanzigste! Mein neunundsechzigster Geburtstag!"

Doch der Arzt läßt sich nicht belehren und macht auch keine Anstalten, dem Jubilar zu gratulieren. Goethe klingelt nach dem Diener. Stadelmann bestätigt das Datum, das Rehbein genannt hat. „Hol den Kalender!" verlangt Goethe. Lange und genau sieht er sich den Kalender an. Dann schüttelt er den Kopf: „Donnerwetter! Da habe ich mich ja umsonst besoffen!"

112. Respekt

Ludwig van Beethoven, der 1812 in Teplitz mit Goethe promenierte, war davon überzeugt, daß Könige und Fürsten zwar Posten, Titel und Orden verleihen, aber keine großen Menschen, keine „Geister, die über das Weltgeschmeiß hervorragen, machen können“. Man müsse sie, meinte er, „in Respekt haben, wenn so zwei zusammenkommen wie ich und der Goethe“. Da Goethe von seiten der kaiserlichen Familie, insbesondere der Kaiserin, viel Hochachtung genoß und dafür eine gewisse devote Dankbarkeit glaubte zeigen zu müssen, belehrte ihn Beethoven: „Ei was! So müßt Ihr's nicht machen, da macht Ihr nichts Gutes, Ihr müßt ihnen tüchtig an den Kopf werfen, was sie an Euch haben, sonst werden sie's gar nicht gewahr.“

Als ihnen der ganze österreichische Hofstaat entgegenkam, löste sich Goethe von Beethovens Arm, um sich am Rand der Promenade mit gelüftetem Hut gebührlich zu verneigen. Beethoven hatte ihn zurückhalten wollen: „Bleibt doch an meinem Arm hängen, sie müssen Platz machen, wir nicht.“ Der große Dichter blieb bei seinem Vorhaben, der große Musiker allerdings auch. Mit zugeknöpftem Mantel und untergeschlagenen Armen, den fest in die Stirn gedrückten Hut nur ein wenig rückend, schritt er mitten durch die fürstliche Schar, die vor ihm zurückwich und, während Goethe seine Verbeugung machte, für Beethoven gleichsam eine Gasse bildete. Die Kaiserin grüßte zuerst, und Erzherzg Rudolf, sein ehemaliger Schüler, dem er einmal „tüchtig die Finger auseinandergerenkt“ hatte, weil er nicht sofort zu ihm vorgelassen worden war, zog den Hut.

Dann blieb er stehen, und als Goethe kam, sagte er: „Auf Euch habe ich gewartet, weil ich Euch ehre, wie Ihr es verdient. Aber denen habt Ihr zuviel Ehre angetan."

113. Diogenes in Teplitz

Teplitz war 1813 so überfüllt, daß der Husarenoffizier von Schwanenfeld nur noch ein Stübchen im Souterrain fand. Vor seiner Fensterluke stand eine Bank, auf der sich jeden Tag ein älterer, gutaussehender Kurgast mit einem Buch niederließ, von dem Wasser trank, das sein Diener ihm brachte, und dem Quartier den Rest des kümmerlichen Tageslichts nahm.

Nach ein paar Tagen ging der Husar zaghaft in die Offensive und sagte: „Guten Morgen!" Der Kurgast sah ihn streng und beinahe verächtlich an.

„Sind Sie Hypochonder?" fragte der Rittmeister, und da keine Antwort kam, wiederholte er die Frage.

„Sonderbar!" sagte der Kurgast.

Das machte den Kellerbewohner gesprächig. Wie man denn bei der Kälte so dasitzen und sein Wasser allein trinken könne! So müsse man ja erst krank werden, wenn man es nicht schon sei. Er spielte auf den Philosophen Diogenes an und auf Alexander den Großen, der ihm einen Wunsch hatte erfüllen wollen und so beschieden worden war: „König, geh mir aus der Sonne!" Zuletzt bot der Ritter dem Fremden an, mit ihm zu promenieren und ihm mit Geschichten von Kanonen, Attacken und schönen Frauen die Hypochondrie zu vertreiben.

So kamen sie ins Gespräch und machten einen gemeinsamen Spaziergang nach dem andern. Der Husar erwies sich als recht gebildet und als Goethekenner, gestand aber, daß er bei aller Liebe Schiller bevorzuge. Über Großherzog Carl August dachte der Kriegsmann sehr nüchtern. „Ich bitte“, sagte er, „lassen wir den in seinem Athen an der Ilm mit Goethe lustwandeln!“ Und dann kam allerlei Derbes und Wahres über die Wirklichkeit des Krieges und die Kopflosigkeit der Befehlshaber auf den Schlachtfeldern.

Eines Morgens hatte der Rittmeister gerade wieder seine unterhaltsamen Geschichten angefangen, die der Kurgast an seinem Arm genoß, da begrüßte ein anderer Fremder, der wie ein Forstmann oder Gutspächter aussah, seinen Zuhörer, der ihn als seinen Arzt vorzustellen beliebte. Mit einem Scherz über die Hypochondrie wurde die Unterhaltung fortgesetzt.

Am selben Tag trat ein Freund unter vielen Umschweifen mit einer großen Bitte an den Rittmeister heran: „Mache mich mit Goethe bekannt.“

„Mit Goethe? Was fällt dir ein? Ist er denn hier?“

„Du gehst ja jeden Tag mit ihm spazieren!

„Schade, daß es nicht wahr ist.“

„Du weißt also nicht, daß die Herren, die dich soeben verließen, Goethe und der Großherzog von Weimar sind? Hast du denn nie gefragt, mit wem du die Ehre hast zu sprechen?“

„Dazu“, sagte der Husar, „ist mir die Kehle förmlich verrammelt.“ Doch er tat nun die Schritte, die, wie er meinte, Anstand und Höflichkeit erforderten, und erhielt eine Einladung zur Tafel.

114. Trost

Der Dresdner Kriegsrat Hase, der in seinem „Leipziger Musenalmanach" Goethes Lieder aus seiner Leipziger Zeit veröffentlicht hatte, klagte 1820 in Karlsbad, daß er Italien nicht kenne und wohl auch nie sehen werde.

„Seien Sie froh!" sagte Goethe. „Sonst würde Ihnen der Himmel hier nie blau genug sein."

115. Probe

Ohne eine kleine Liebschaft, vertraute Goethe einmal Eckermann an, sei ein Badeaufenthalt unerträglich, und fast jedesmal habe er eine kleine Wahlverwandtschaft gefunden.

Als er einmal in Karlsbad Elisa von der Recke besucht hatte, begegnete er einer Dame und zwei sehr hübschen jungen Mädchen. Am anderen Tag, beim Brunnentrinken auf der Promenade, verbeugten sich die Mädchen so graziös, daß Goethe sie ansprach. Sie kamen ins Plaudern, und er wurde zu ihrer Mutter geführt, der er viel Liebenswürdigkeit erwies. Von da an sah man sich täglich und verbrachte ganze Tage miteinander. Der Verlobte der einen reiste an. Goethe konnte sich ganz der anderen widmen. Schließlich erfuhr er auch, woher die Avancen der Mädchen kamen. Die Mutter hatte Frau von der Recke gefragt, wer das eben gewesen sei, und es erfahren und sogleich sehr bedauert, daß sie nicht das Glück gehabt habe, Goethe persönlich kennenzulernen. Die Gastgeberin hatte sie getröstet, da versäume sie nichts, unter Damen sei Goethe langweilig.

Nur wenn sie hübsch und jung genug wären, zeige er sich beredt und liebenswürdig.

Das zu erproben hatte die beiden Mädchen gereizt.

116. Unglaube

Auf der Karlsbader Kurpromenade sahen Goethe und sein Begleiter in einigem Abstand eine Dame und einen Herrn, die sie kannten, ohne zu ahnen, wie es mit ihnen stand, vor sich hergehen, einträchtig miteinander plaudernd. Auf einmal neigten sie die Köpfe einander zu und küßten sich herzlich. Dann gingen sie weiter, als wäre nichts geschehen.

„Haben Sie das gesehen?“ fragte der Freund. „Darf ich meinen Augen trauen?“

„Ich habe es gesehen“, antwortete Goethe. „Aber ich glaube es nicht!“

117. Verschnappt

In Marienbad wurde Goethe von der Fürstin von Hohenzollern gefragt, ob er denn noch nie in Berlin gewesen sei. „Nein“, sagte Goethe, „noch nie.“

Dann kam die Rede auf Wilhelm von Humboldt und sein Haus in Tegel, das nun noch schöner geworden sei.

„Ach ja“, seufzte Goethe, „da haben wir vor langer Zeit einen schönen Tag verlebt.“

„So?“ staunte die Fürstin. „Dann waren Sie doch schon in Berlin?“

„Da sehen Sie, wie man sich doch zuweilen verschnappt.“

„MEHR LICHT!“

118. Kalte Jugend

Goethe sprach bei einer szenischen Lesung seines Bühnenstückes „Die Mitschuldigen“ selbst mit viel Komik den Gastwirt. Die jungen Leute aber lasen ihren Part, wie er meinte, zu kalt. „Seid ihr denn gar nicht verliebt?“ fragte er, und noch einmal: „Seid ihr denn gar nicht verliebt? Verdammtes jungen Volk! Ich bin sechzig Jahre alt, und ich kann's besser.“

119. Werdender Gipskopf

1807 ließ sich Goethe darauf ein, daß der Hofbildhauer Karl Gottlob Weißer eine Gipsmaske seines Gesichts abnahm. Die danach geschaffene Büste, ihr kräftiger Gesichtsausdruck, wurde allgemein für sehr naturgetreu befunden. Nur im Ernst der Züge schien etwas Finsteres zu liegen.

„Meinen Sie denn“, sagte Goethe dazu, „daß es ein Spaß ist, sich das nasse Zeug ins Gesicht streichen zu lassen, ohne eine Miene zu verziehen? Da ist's eine Kunst, nicht noch viel unwirscher auszusehen!“

120. Maske des Todes

Als 1813 Christoph Martin Wieland hochbetagt gestorben war, erzählte Falk, der ihn auf dem Totenbett gesehen hatte, daß er die ganze Nacht nicht zur Ruhe gekommen war. Goethe fuhr auf und fragte: „Warum soll ich mir die lieblichen Eindrücke von den Gesichtszügen meiner Freunde und Freundinnen durch die Entstellungen einer Maske zerstören lassen?“ Er habe sich gehütet, Schiller, Herder oder Anna Amalia im Sarg zu sehen. „Der Tod“, sagte er, „ist ein sehr mittelmäßiger Porträtmaler.“

121. Nachtschärmerei

Als Bettina Brentano 1807 nach Weimar kam, war sie etwas über zwanzig und er knapp sechzig Jahre alt. Die hübsche, lebhafte, literarisch interessierte, später mit Achim von Arnim verheiratete Tochter Maximiliane Laroches, jener „Maxe“, an die Goethe gleich nach der Wetzlarer Affäre mit Charlotte Buff sein Herz verloren hatte, besuchte ihn, setzte sich ihm buchstäblich zu Füßen, aber auch auf den Schoß, plauderte und korrespondierte mit ihm und zog ihn in eine zärtliche Freundschaft. Nachts gingen sie Arm in Arm durch Weimar.

„Siehst du“, sagte Goethe, „unvermutet zuweilen kommt der Lichtstrahl und zeigt uns, was wir lieben!“

Er nannte sie „Götterkind“ und „Sternenkind“ und trug sie im Hotel „Elefant“ zwei Treppen hinauf in ihr Zimmer, in dem ihre Schwester schon schlief.

„Siehst du“, schmeichelte Bettina, als sie im matten Schein der Lampe noch beieinandersaßen, „wir genießen zusammen die Flamme der Nacht.“

„Ja, mein liebes Kind, aber es ist uns nicht erlaubt, sie länger zusammen zu genießen“, sagte Goethe und ging.

122. Mutterliebe

Zacharias Werner, gefragt, weshalb er sich nicht wieder verheiratete, klagte, ein Ehemann bekäme immer nur schlechte Suppen zu essen. „Das ist nur in kinderlosen Ehen so“, belehrte ihn Goethe. „Sobald Kinder da sind, wird Fleisch gekauft, drei, vier Pfund. Je mehr Kinder man hat, desto besser wird die Suppe.“

123. Genießer unter Aufsicht

Der Philologe und Runenforscher Martin Friedrich Arendt fand an Goethes Tafel eine Sauce von Bratenfett, Gurkensaft, Essig und Öl so lecker, daß er sich nach einigem Zögern nicht enthalten konnte, den Teller an den Mund zu setzen, um sie zu schlürfen. Ein schüchterner Blick zu Goethe, und er sah sich beobachtet. Doch Goethe nickte ihm zu: „Genieren Sie sich nicht, lassen Sie es sich schmecken. Ich würde es geradeso machen, aber mir erlaubt das meine Schwiegertochter nicht!“

124. Hutgrößen

In Dresden wagte es eine Verehrerin, Goethe wegen des schäbigen Hutes, den er trug, zur Rede zu stellen. Er dankte für den diskreten Hinweis und versprach, sich einen neuen zu kaufen. Als sie ihn wenig später wiedertraf und er noch immer denselben Hut trug, rief sie: „Aber Herr von Goethe!“

„Es ist nicht meine Schuld“, sagte Goethe, „ich habe herumgesucht, aber es paßte mir keiner. Man ist in Dresden nicht auf große Köpfe eingerichtet.“

125. Praktischer Vorschlag

In der Dresdner Galerie, die im Winterhalbjahr sehr kalt war, sah Goethe den Sommer über Scharen junger Kunstbeflissener damit beschäftigt, Kopien der Gemälde anzufertigen. „Man sollte“, schlug er vor, „mit den Kopien, die im Sommer gemacht werden, den Winter über heizen.“

126. Widerhall

Der Schauspieler Haide sprach bei den Proben zu Goethes „Egmont“ auf der Weimarer Bühne zu leise. Goethe rief, als seine Geduld zu Ende war: „Ich möchte das, was ich vor dreißig Jahren geschrieben habe, auch hören!“

127. Lichtblick

Der junge Arthur Schopenhauer versuchte in einem Gespräch über die Farbenlehre Goethe seine philosophische Lehrmeinung zu erklären, nach der die Objekte nur insofern daseien, als sie von einem erkennenden Subjekt vorgestellt werden.

„Was“, sagte Goethe da mit großen Jupiteraugen, „das Licht sollte nur da sein, insofern Sie es sehen? Nein, Sie wären nicht da, wenn das Licht Sie nicht sähe.“

128. Lesegenuß

Ein Schriftsteller namens Kunz, Untertan eines sehr kleinen Deutschen Fürstentums, weckte Goethes

Interesse an Paßangelegenheiten. „Ihr Fürst ist ein strenger Herr“, sagte Goethe. „Es soll schwierig sein, dort einen Paß zu bekommen. Könnten Sie mir wohl einen solchen zeigen?“ Kunz tat dies sehr gern. „Bitte, leihen Sie ihn mir bis morgen“, bat Goethe, „ein so merkwürdiges Stück muß ich mir genauer anschauen.“ Später verriet er Freunden, daß er aus der Rocktasche des Dichters einen Packen Manuskripte habe herausschauen sehen. „Lieber wollte ich den Paß lesen als die!“

129. Der etwas andere Genuß

Auf die fromme Frage, ob er denn zuweilen auch in der Bibel lese, antwortete Goethe der Gräfin von Egloffstein: „O ja, meine Tochter, aber anders als ihr.“

130. Selbstgenuß

Seinen musikalischen Geschmack verdankte Goethe weitgehend seinem Freund Carl Friedrich Zelter. In Berka machte der Organist und Brunneninspektor Johann Heinrich Schütz ihn mit der damals fast vergessenen Musik Bachs bekannt. Man dürfe es, meinte Goethe, die Bachsche Musik nicht merken lassen, daß man zuhöre, da sie für sich selbst musiziere, „als wenn die ewige Harmonie sich mit sich selbst unterhielte, wie sichs etwa in Gottes Busen kurz vor der Weltschöpfung möchte zugetragen haben.“

131. Risiko des Schreibens

Goethe, sein Freund Knebel und der jüngere Voß unterhielten sich über einen Heidelberger Professor, der mit schriftstellerischen Versuchen seinen guten Ruf als Prorektor und Ehemann getrübt hatte. Goethe würdigte seinen „Urfreund“ Knebel als liebenswürdigen Menschen, zärtlichen Gatten und liebreichen Vater und traute ihm auch zu, einen herrlichen Prorektor abzugeben, falls man ihn wählte. „Aber wolltest du anfangen, alle deine Gedanken in die Welt hineindrucken zu lassen – buh! und bah! – wie würden die Leute über dich herfallen! – Sieh, liebes Kind“, sagte er zu dem fünf Jahre Älteren, „das ist ein Vorzug, den die Leute haben, die nicht schreiben: Sie kompromittieren sich nicht.“

132. Kompliment

Eine stadtbekannte Schönheit konnte es kaum fassen, daß Goethe sie auf einer Abendgesellschaft im Weimarer Schloß nicht beachtet hatte. „Nun sehe ich ja, was von Ihrer Höflichkeit zu halten ist“, beschwerte sich die Dame. „Sie gehen an mir vorüber, ohne mich anzusehen.“

„Verehrteste!“ antwortete der Achtundsechzigjährige. „Wenn ich Sie angesehen hätte, wäre ich nicht an Ihnen vorbeigekommen.“

133. Haarkünstler

Goethes Sekretär Friedrich Theodor Kräuter bat den Friseur um eine Locke vom Haupt des Dichters.

„Die sind alle gezählt“, war der abschlägige Bescheid. „Die gehen alle zum Verkauf nach Frankfurt.“

134. Versäumter Genuß

Als Goethe nicht mehr ins Theater ging, äußerte sich seine Schwiegertochter Ottilie beim Frühstück entrüstet über die skandalöse Art, in der eine polnische Sängerin die Mazurka getanzt habe. „Die Röcke flogen ihr um die Knie, und sie dehnte und reckte sich wie eine Mänade.“

Goethe lehnte sich zuruck, zog sich die Weste zurecht und sagte: „Wie schade, daß ich nicht dabeigewesen bin.“

135. Besorgnis

Die schöne Pianistin Maria Szymanowska gastierte im November 1823 in Weimar. Goethe versäumte keine Gelegenheit, in ihre Nähe zu kommen, lud sie zu sich ein, ließ sich vorspielen. Als er nach diesen Anstrengungen erkrankte, sagte sein ehemaliger Diener Goetze, inzwischen Wegebauinspektor, besorgt: „Ja, Ihr Exzellenz, polnisch geht es jetzt nicht mehr mit uns.“

136. Manieren

Johannes Falk, Pädagoge und Satirendichter, wunderte sich pikiert über die Manieren Karl Friedrich Zelters: „Was soll man denn zu einem Menschen sagen, der auf den Fußboden spuckt?“

Goethe ließ aber auf seinen Freund nichts kommen:

„Was soll man zu mir sagen, ich spucke auf euch alle!“

137. Frauenliteratur

Hofrat Rehbein meinte, poetisches Talent bei Frauen sei eine Art von geistigem Geschlechtstrieb, eine Art Ersatz. Ans Dichten würden Frauen nie denken, wenn sie heirateten und Kinder bekämen.

Goethe kannte dafür Beispiele. „Doch unsere Dichterinnen mögen dichten und schreiben, soviel sie wollen“, schloß er, „wenn nur unsere Männer nicht wie die Weiber schrieben!“

138. Vom Fach

Goethe plauderte lange mit dem jungen Juristen Stüve, der ihm viel Interessantes aus Osnabrück zu berichten hatte. Dann kam er auf den Besucher selbst zurück und sagte, sich der eigenen Studienzeit erinnernd: „Also: Sie sind Advokat, das heißt einer, der aus jeder Sache etwas zu machen weiß.“

„Entschuldigen Exzellenz...“ stammelte Stüve, wie um sich zu verteidigen.

„Recht so“, lachte Goethe, „ein Advokat darf nie etwas zugeben.“

139. Die tote Venus

Eine Schar junger Mädchen stürmte, aus Tiefurt kommend, in Goethes Gartenhaus, um ihm frische Frühlingsblumen zu bringen. Dabei stieß eine der zarten Verehrerinnen den Gipsabguß einer Venus um, und sie brach in Tränen aus.

„Ei, ei“, sagte Goethe mit scherzhaft erhobenem Finger, „wer wird denn um die tote Venus weinen, wenn sie so viele lebende Vertreterinnen hat.“

140. Fatale Sofas

Goethes Schwiegertochter Ottilie sah gern englische Gäste im Haus. Einmal bemängelte Hofrat Vogel, Goethes und des Großherzogs Hausarzt, daß sich die jungen Engländer so ungeniert auf den Sofas herumgerekelt hätten. Ottilie nahm sie in Schutz und beanstandete die Sofas. Sie seien so breit, daß man, wenn man bequem sitzen wolle, unwillkürlich in eine liegende Stellung komme.

„Ich weiß ja nicht“, wollte Vogel einwenden, „ich habe mit Frau von X. dort gesessen und...“

„Und?“ mischte Goethe sich ein. „Hattet Ihr keine Lust, zu liegen?“

141. Den Fisch ausführen

Goethe sah durchs Fenster seinen Küchenjungen mit einem entwendeten Fisch, dessen Schwanz unter der Jacke hervorlugte, aus dem Haus gehen. „He, Junge!“ rief er.

Der Junge stammelte: „Was befehlen Exzellenz?“

„Wenn du einen von meinen Fischen ausführst, zieh einen Mantel an oder nimm einen kürzeren Fisch!“

142. Memento mori

Während der Abendtafel hörten Goethes Gäste einen Wagen verdächtig langsam und dumpf über den Frauenplan rollen. Goethe verstand das leise Erschrecken: Dies sei in der Tat der Leichenwagen! Er verwies auf die Römer, die bei Gelagen ein Gerippe auffahren ließen, zur Erinnerung daran, daß sie samt all den leckeren Sachen zu Staub und Moder würden. „Und weil die guten Leute es lieben", schloß er, „sich zur selben Stunde begraben zu lassen, wie ich speise, so ist das in seiner Art immer ein sehr hübsches memento mori!"

143. Nach Carl Augusts Tod

Als Josef Stieler 1828 im Auftrag König Ludwigs I. von Bayern das berühmte Altersporträt Goethes malte, sagte das Modell beim Sitzen: „Wir müssen eilen, das Gesicht festzuhalten. Der Großherzog ist weggegangen und nicht wiedergekommen. Wer verbürgt einem, ob man morgen erwacht?"

144. Abgekanzelt

Als Goethe dem Hofmaler Josef Stieler saß, hütete er im benachbarten Majolikazimmer die Empfehlung des Künstlers, das Porträt der schönen Münchener Schauspielerin Charlotte von Hagn. Kanzler von Müller erschien, und mit einem feinen Gespür verschwand er dort und kam lange nicht wieder. „Wollen Sie wohl da herauskommen!" rief Goethe harsch. „Man braucht Sie nur einen Augenblick allein zu lassen, und schon werden Sie indiskret!"

145. Feinschmeckergedächtnis

Dem Modeautor Karl Eduard von Holtei, der des öfteren bei Goethe speiste, schmeckte ein Püree von Wild mit Spiegeleiern so, daß er eine zweite Portion verspeiste. Nach einem Jahr gab es diese Spezialität wieder. Als bereits die Teller gewechselt wurden, gab Goethe dem Diener einen Wink. Der eilte sogleich zu Holtei und reichte ihm die Schüssel nochmals, flüsternd: „Der Geheimrat schicken mich!“

146. Ansprüche

In Dornburg wurde für Goethe das Mittagessen aus dem Ratskeller geholt. Es schmeckte ihm nicht. Man versuchte es mit dem Gasthaus „Zum Schieferhof“ in Naschhausen, am Fuß des Berges, auf dem die Dornburger Schlösser stehen. Bei dieser Kost könne er nicht bestehen, sagte Goethe mürrisch. Küchenmeister Sckell sandte Boten in die Gegend und ließ Geflügel, Fisch und Wild herbeischaffen; seine Frau übernahm die Zubereitung. Beim ersten Frühstück sagte Goethe: „Das ist ein guter Anfang!“ Zu Mittag hieß es nach fünf Gängen: „Das lasse ich mir gefallen!“ Dann klopfte er Sckell auf die Schulter: „Auf diese Art werden Sie mich aber so bald nicht los.“

147. Poetik

„Jedes Gedicht“, sagte Goethe, „ist gewissermaßen ein Kuß, den man der Welt gibt.“ Seine Zuhörer bewunderten den Vergleich. „Aber“, setzte Goethe hinzu, „aus bloßen Küssen werden keine Kinder.“

148. Vorsorgliches Einlenken

Goethe kam nie auf den Gedanken, seinen „Faust“ in Weimar aufführen zu lassen. Als sich nun seine Freunde mit seinem Sohn verschworen, ihn doch auf die Weimarer Bühne zu bringen, weil das Gerücht von einer Inszenierung in Braunschweig umging, fuhr er auf wie von einer Hornisse gestochen und wetterte dagegen: „Beschlossen hat man? Ohne mich zu fragen? Niemals!“

Nach ein paar Tagen jedoch ließ er seine Schwiegertochter einlenkend wissen: „Wenn sie denn durchaus den ‚Faust‘ aufführen wollen, dann nicht so, wie sie es wollen, sondern so, wie ich es will!“

149. Der Patriarch

Goethe war ein liebevoller Großvater. Besonders sein „Wölfchen“ hatte überall Zutritt, durfte mit ihm morgens frühstücken, abends aus seinem Glas trinken und mußte nur, wenn er zu lebhaft wurde, hinaus. Aber die Proteste des Kindes ließen ihm erst recht keine Ruhe. So richtete Goethe ihm in seinem durch Bücher und Gerätschaften beengten Arbeitszimmer ein eigenes Tischchen am Fenster ein. Auch in Anwesenheit von Besuchern und Besucherinnen durfte der Enkel auf dem Patriarchen herumklettern. Die Gräfin Egloffstein ermahnte ihn, seinen Großvater nicht so zu plagen. „Im Bett“, antwortete der Junge, „kann er sich wieder ausruhen.“ Und wenn er dann ins Bett sollte, rief er: „Nein, noch nicht, ich muß erst Großpapa ins Bett bringen.“

„Sie sehen“, bemerkte Goethe mit psychologischem

Scharfsinn, „daß die Liebe immer ein wenig impertinenter Natur ist."

150. Der schönste alte Mann

Die Schauspielerin Wilhelmine Schröder-Devrient, eine vielverehrte Schönheit, durfte Goethe, drei Jahre nach dem Tod des Komponisten, Franz Schuberts Vertonung des „Erlkönig" vorsingen. Bewegt dankte ihr der Dichter, er habe diese Komposition früher gar nicht gemocht. „Aber so vorgetragen, gestaltet sich das Ganze zu einem sichtbaren Bild."

Hingerissen vertraute die Schauspielerin im Wagen ihrem Kollegen Genast an: „Das ist der schönste alte Mann, den ich je gesehen, in den könnte ich mich sterblich verlieben."

151. Ein großer und ein kleiner Verlust

Goethes Sohn August starb 1830 in Rom unverhofft an den Pocken. Die Trauernachricht erhielt Kanzler von Müller durch den Gesandtschaftssekretär Kestner, einen Sohn der durch den „Werther" bekannt gewordenen Lotte. Ruhig und gefaßt erriet Goethe mit Tränen im Auge den Sinn der Worte, bevor von Müller sie zu Ende gestammelt hatte. Als im Frühjahr der Maler Friedrich Preller von Rom nach Weimar kam, lieh sich Goethe seine Skizzenbücher aus, die Porträts seiner römischen Bekannten enthielten. Er wolle sie in Ruhe für sich durchblättern. Nach einigen Tagen gab der Dichter ihm die Bücher „still und ernst" zurück. Zu Hause schlug Preller ahnungsvoll nach, und, wie vermutet:

das Blatt mit dem Porträt August von Goethes war nicht mehr da.

152. Mehr Licht?

Bevor Goethe am 22. März 1832, in seinem Lehnstuhl zurücksinkend, starb, soll er, von der Erkältung geplagt, die ihn aufs Letzte geschwächt hatte, kaum verständlich etwas von einem zweiten Fensterladen gehaucht haben, den man in der Stube auch aufmachen solle, er wolle „mehr Licht“. Was er dann noch sagen wollte, schrieb er, deutlich die Interpunktion setzend, mit dem rechten Zeigefinger in die Luft. Nur der Anfangsbuchstabe, ein großes W, war deutlich zu erkennen. So galt dieses „Mehr Licht!“ als Goethes letztes Wort.

Da seine Augen aber in letzter Zeit so lichtempfindlich gewesen waren, daß er sie selbst gegen eine Lampe mit einem grünen Schirm schützte, kamen auch Zweifel auf. Kenner der Frankfurter Mundart, die Goethe nie ganz abgelegt hatte, meinten, es könnte auch ein erleichterter Seufzer gewesen sein, des Sinnes: Man liegt ...

Schiller in Hoftracht. Zeitgenössischer Scherenschnitt, um 1790. Am 5. XII. 1799 stellte sich Schiller dem Herzog als Weimarer Bürger vor, nachdem er am 14. III. 1798 zum ordentlichen Honorarprofessor an der Universität Jena ernannt worden war.

KINDHEIT

153. Schwache Gesundheit

Als Schillers Mutter ihr zweites Kind – eben jenen Johann Christoph Friedrich – gebar, befand sich ihr Mann, bekanntermaßen Leutnant in der Armee Karl Eugens von Württemberg, gerade im zweiten hessischen Feldzug am Main, wohin die Armee im Zuge des Siebenjährigen Krieges Ende Oktober 1758 aufgebrochen war. Der Vater erwähnt in seiner Lebensgeschichte die Geburt seines Sohnes nur äußerst knapp zwischen militärischen Berichten. Die Mutter hingegen wurde durch das Hörensagen von den Kriegsereignissen und die Trennung von ihrem Manne, gar nicht zu reden von der Vorstellung der Gefahr, in der er sich im Feld täglich befand, derart mitgenommen, daß Schillers ältere Schwester Christophine seine Schwächlichkeit und Kränklichkeit, unter der er zeitlebens zu leiden hatte, genau hierauf zurückführte.

154. Das Fascinosum der Religion

Schon im frühen Kindesalter war Friedrich ein sehr wißbegieriges Kind: Wenn der Vater, was häufig vorkam, im Kreise der Familie etwas vorlas, fragte der Junge stets so lange nach, bis er alles verstanden hatte.

Am interessiertesten aber zeigte er sich, wenn der Vater aus der Bibel rezitierte oder seine Morgen- oder Abendandacht hielt: Dann trennte er sich sogar von seinem Lieblingsspielzeug und lief schnellstens herbei.

155. Der kleine Pastor

Als Kind ging Schiller gerne in die Kirche, und wenn es nicht die allerwichtigsten Gründe gab, versäumte er den sonntäglichen Gottesdienst nicht. So war es schon in jungen Jahren ausgemacht, daß er später einmal Pastor werden würde. Ob dieses Berufsziel ursprünglich von ihm selbst oder aber von seinem Vater überlegt wurde – eine letzte Gewißheit läßt sich hierüber nicht herstellen –, tut dabei wenig zur Sache.

Durch mehrere Zeitgenossen völlig gesichert ist hingegen folgende kleine Szene, die sich so oder so ähnlich häufiger zugetragen haben muß: In einem Alter, in dem Kinder gerne schauspielern – mit sechs oder sieben Jahren etwa – lieh sich Friedrich des öfteren eine schwarze Schürze seiner Schwester Christophine, hängte sie sich als Talar um und bestieg einen zur Kanzel erklärten Stuhl. Dort fing er an zu predigen, daß es eine Art hatte: In der Regel prasselte eine Strafpredigt auf die Köpfe der Anwesenden nieder, so daß sich die Erwachsenen gar nicht genug verwundern konnten ob der Wortgewalt dieses kleinen Kindes. Nicht selten auch legte er einen Bibelspruch oder ein geistliches Lied aus und zeigte dabei bereits in zartestem Alter seinen auch später vielfach bewunderten Mut, die Wahrheit zu sagen. Immer aber war seine Vortragsweise so eifrig und heftig, daß manche dies im nachhincin als kindlichen Funken des später auflodernden Dichterfeuers deuteten.

156. Das verhinderte Theologiestudium

Wie viele junge Leute in der Sturm und Drang-Zeit liebte auch Schiller die Dichtungen Klopstocks, insbesondere den „Messias“. Mit vierzehn Jahren wirkten diese Gesänge so stark auf sein Gemüt, daß sie seine von Kindheit an regen religiösen Gefühle unterstützten und seinen Wunsch, Theologie zu studieren, verstärkten.

Zu eben dieser Zeit hatte der Landesfürst, Herzog Karl Eugen von Württemberg, den Plan gefaßt, auf der Solitude eine „Pflanzschule“ für die Söhne seiner Soldaten einzurichten: weniger, weil es ihm tatsächlich auf die geistige Förderung seiner Untertanen angekommen wäre, als vielmehr, weil er damit als bildungsbeflissener Monarch erscheinen konnte, der den Idealen der Aufklärung nachstrebte. Der Herzog, der von den guten Leistungen Friedrichs in der vorletzten Klasse der Ludwigsburger Schule gehört hatte, ließ neben mehreren anderen Offizieren auch Schillers Vater zu sich kommen und erklärte ihnen, daß er gesonnen sei, ihre Söhne in seine Pflanzschule aufzunehmen.

Darauf erwiderte Schillers Vater, daß er sich der herzöglichen Gnade, seinem Sohn ein erhöhtes Maß an Bildung angedeihen zu lassen, wohl bewußt und er froh sei, wenn sein Sohn seine Neigungen, sich dem geistlichen Stande zu widmen, einst werde verwirklichen dürfen. Damit kam er jedoch schlecht an: Karl Eugen erklärte ihm kurz angebunden, daß er für die Wissenschaft der Theologie keine Einrichtung getroffen habe, und Friedrich solle die Jurisprudenz wählen.

Nach mehreren Tagen Bedenkzeit stimmte die Familie schließlich zu, vor allem, um beim Herzog nicht in Ungnade zu fallen, und Schiller nahm das ungeliebte Jurastudium auf.

Allerdings nur für kurze Zeit: Der Herzog ließ Schillers Vater abermals zu sich rufen. Da die Zahl der herumlaufenden Juriskandidaten zu groß sei, könne er seinem Sohn keine Anstellung versprechen; wolle dieser aber die Medizin wählen, werde er ihn in den Staatsdienst übernehmen.

Und so geschah es, daß Schiller von dem ursprünglich vorgehabten Theologiestudium Abstand nahm und über die ungeliebte Juristerei schließlich zu der von ihm nicht so verabscheuten Medizin wechselte.

157. Freigebigkeit

Die Mode ändert sich: nicht erst heute, sondern schon im 18.Jahrhundert. So war es zu Schillers Kinderzeit Mode, Schuhe mit Schnallen anstatt mit Schuhbändern zu befestigen.

Daß der kleine Friedrich umgekehrt Bänder statt der damals üblichen Schnallen benutzt hatte, entdeckte jedoch eines Tages Vater Schiller an den Füßen seines Sohnes. Und so fragte er streng, wohin denn die Schnallen gekommen seien.

Darauf Friedrich: „Ich habe sie einem armen Jungen gegeben, der konnte sich keine kaufen und hätte doch zu gern welche gehabt. Aber gräm dich nicht, Vater, ich hab' ja noch ein Paar Schuhe auf den Sonntag."

Über diese Antwort war der Vater nicht unzufrieden, obwohl er sonst mit seinen Kindern eher streng war. Nur wenn Friedrich von seinen Büchern welche verschenkte, die dann erneut angeschafft werden mußten, konnte er sehr zornig werden.

158. Furchtlosigkeit im Spiel

Trotz der Strenge seines Vaters galt Schiller allgemein als ein lebhaftes Kind. Gerade bei den Knabenspielen, wo es oft ziemlich lebhaft herging, war er häufig der Wortführer. So genoß er unter seinen Spielkameraden einen ganz besonderen Ruf. Nicht nur bei den jüngeren machte er Eindruck, auch den älteren und stärkeren trat er furchtlos entgegen, so daß er von allen akzeptiert wurde.

Dabei unterschied er jedoch sehr deutlich zwischen Spielkameraden und Freunden. Letztere suchte er sorgfältig aus dem Kreis der Spielkameraden aus, und es waren nur wenige; an diesen hing er aber vertraut und innig.

AUF DER MILITÄR-AKADEMIE

159. Früh schon ein Kaffeetrinker

In seinem bürgerlichen Trauerspiel „Kabale und Liebe“ läßt Schiller den Musikus Miller seine Frau anwettern: „Stell den vermaledeiten Kaffee ein und das Tobakschnupfen!“

Ungeachtet dieses Wutausbruches seiner eigenen Dramenfigur liebte Schiller beides: das Tabakschnupfen und den Kaffee. Vor allem letzterer hatte es ihm schon in jungen Jahren angetan. In den Unterlagen der Militärakademie auf der Solitude fand sich ein Strafbillett, in dem der „Eleve Schiller“ gerügt wird, weil er zusammen mit zwei anderen Schülern eine „Kammermagd“ zuerst angewiesen, ihnen „Coffé“ zu machen, den sie dann „bei besagter Kammermagd getrunken“.

160. Dichterischer Enthusiasmus

Zum Medizinstudium auf der Solitude gehörte die nicht gerade leichte Aufgabe, daß die angehenden Militärärzte am Ende ihres Studiums in den Krankenzimmern der Akademie die Pflege und Behandlung der Patienten beaufsichtigen mußten. Da diese Verpflichtung reihum ging, traf es eines Tages natürlich auch Schiller, und dieser setzte sich auf einen Stuhl an das Kopfende eines Krankenbettes. Der Patient schien zu schlafen und erwachte auch nicht, als sein Arzt ihm Stirn und Puls fühlte. Schließlich lehnte sich Schiller zurück, um sich ein wenig auszuruhen. Die eingetretene Stille dauerte jedoch nicht lang. Der Dichterarzt begann zuerst tiefer zu atmen, mit immer schwererer Brust, sog die Luft durch weit geöffnete, zitternde Nasenflügel ein und stieß sie hastig durch den Mund wieder aus. Von diesem Geräusch unsanft geweckt, wachte der Kranke vollends auf und vermutete, seinem Arzt gehe es noch viel schlechter als ihm selbst, denn ganz offensichtlich hatte er eben einen Tobsuchtsanfall erlitten. Als Schiller schließlich mit den Füßen abwechselnd auf den Boden stampfte und sich mit weit gespreizten Fingern immer wieder wie irre durch die Haare fuhr, konnte der Patient nicht anders als in höchster Angst rufen: „Herr Doktor, was ist Ihm? Ist Ihm nicht gut?" Schiller, der sein Gegenüber schlafend geglaubt hatte, fiel von einem Moment auf den anderen in Bewegungslosigkeit. Seine Gesichtszüge wurden starr, seine Stimme fast tonlos: „Was unterbricht Er meinen poetischen Furor? Kann Er nicht Rücksicht darauf nehmen, daß mich soeben die Idee eines Trauerspiels überfallen hat?"

161. Der Simulant und die „Räuber"

Was echter dichterischer Enthusiasmus ist, der läßt sich nicht bändigen. Diesen zurückzuhalten tat sich Schiller, wie wir gehört haben, selbst am Krankenbette schwer. Seltsamerweise kam er jedoch im Krankenbette häufiger dazu, ihn auszuleben. Und das verhielt sich so: In der Militärakademie mußten die Zöglinge abends recht früh das Licht löschen. Dies bedeutete für Schiller, dessen poetische Phantasie gerade in der Nacht besonders lebendig war, ein schweres Problem, ja fast den Zwang, auf das Dichten gänzlich verzichten zu müssen. So verfiel er auf eine List: Die Patienten im Krankensaal hatten die Vergünstigung, auch nachts eine Lampe benutzen zu dürfen, und so meldete sich Schiller häufig krank. Ein Großteil der „Räuber“ soll auf diese Weise entstanden sein.

162. Der verdammte Zopf

Bei den Mahlzeiten hatten die Zöglinge der Akademie mit geordnetem Haar, das heißt mit frisch frisiertem Zopf zu erscheinen. Da Schiller mit dem Drehen seiner Haare überhaupt kein Geschick hatte, mußte sein Stubenkamerad ihm häufig helfen, und wenn die Glocke zum Essen rief, soll jener oft den Stoßseufzer getan haben: „Ich wollte, daß der verdammte Zopf zum Henker wäre!“

163. Der gepuderte Zopf

Schiller hatte, wie bekannt, rötliches Haar. Diese Farbe war Herzog Karl Eugen so verhaßt, daß er ihn anwies, sein Haar zu pudern, obwohl das zu der Zeit ein sorgsam gehütetes Vorrecht der Adligen war.

164. Moralischer Grimm

In der Karlsschule achteten die Studiengenossen streng darauf, daß in den einzelnen Abteilungen ein gewisser Kameradschaftsgeist herrschte. Dabei wurde darüber gewacht, daß keines der Mitglieder sich eine Handlung zuschulden kommen ließ, die den Ehrenkodex verletzte.

Eine solche wurde, wenn nur irgend möglich, nach außen hin verheimlicht, nach innen hin aber strengstens bestraft. Wie so oft in internatsähnlichen Institutionen waren dabei Prügel an der Tagesordnung.

Bei Gruppenveranstaltungen dieser Art spielte Schiller eine eigenartige Rolle. Einerseits weigerte er sich strikt, das Präsidium der Exekutionssitzungen zu führen, andererseits aber übernahm er zu gern das Amt des Exekutors. Mitschüler wollen beobachtet haben, daß in Ausübung dieses Amtes kein anderer Karlsschüler die Fäuste mit solch moralischem Grimm schwang wie Schiller.

165. Arzt zweiter Klasse

Als Schiller mit 21 Jahren aus der Militärakademie als fertiger Arzt entlassen wurde, bekam er ein Regiment Grenadiere in seine medizinische Obhut, zweihundertvierzig Mann etwa, die durch den langen Soldatendienst recht gebrechlich waren.

Einerseits froh, jetzt frei zu sein, hatte Schiller andererseits mit erheblichen Schwierigkeiten zu tun. Sein Titel war zwar „Regimentsarzt“, und die Aufgaben entsprachen auch diesem Amt, besoldet wurde er aber nur als Regimentswundarzt und durfte auch keine Offiziersuniform tragen, sondern nur die Kleidung eines sogenannten „Feldscherers“, des untersten Ranges der Militärmediziner. Elwert, der ihm vorgesetzte Arzt, verstand es jedoch, Schillers Gefühl von Zweitrangigkeit in Grenzen zu halten.

Schiller handelte, obwohl medizinisch unerfahren, auch als Arzt stets auf eigene Faust. Die von ihm ausgestellten Rezepte wiesen teilweise so abenteuerliche Mixturen aus, daß ihre Verabreichung nur als Gesundheitsgefährdung hätte eingestuft werden können. Elwert nun, der von Karl Eugen den Auftrag hatte, Schiller streng zu überwachen, hätte dem Herzog eigentlich Meldung erstatten müssen, änderte aber nur stillschweigend die von Schiller ausgestellten Rezepte, damit dieser zu seiner geringeren Besoldung nicht auch noch medizinisch düpiert würde.

166. Flucht aus Stuttgart

Nach der Uraufführung seiner „Räuber" reiste Schiller ein zweites Mal nach Mannheim zu einem Theaterabend, diesmal allerdings ohne Erlaubnis des Herzogs. Daraufhin schickte dieser ihn für vierzehn Tage in Arrest, wo Schiller in tiefe Depressionen verfiel. Doch es sollte noch schlimmer kommen: Aufgestört durch eine Rezension, welche gegen einige zeitkritische Passagen der „Räuber" zu Felde zog, belegte der Herzog Schiller mit Schreibverbot: „Bei Strafe der Kassation schreibt Er keine Komödien mehr."

Damit hatte Karl Eugen Schillers innersten Lebensnerv getroffen. Die Annahme eines Bittbriefes, in dem Schiller den tyrannischen Landesfürsten in devotester Form mit „Vater" anredet, wurde verweigert. So blieb nur die Flucht aus Stuttgart, über die der mitgereiste Andreas Streicher beredt Auskunft gibt.

FRÜHE DRAMATISCHE DICHTUNGEN

167. Zwei Antidespoten

Als der Dichter Friedrich Christian Daniel Schubart, nachdem er von Herzog Karl Eugen mit einer Finte auf württembergisches Territorium gelockt und gefangengenommen worden war, schon fast fünf Jahre auf der gefürchteten Feste Hohenasperg in einem feuchten Kerker schmachtete, forderte General Rieger, der Kommandant der Festung, ihn auf, eine Rezension der „Räuber“ zu schreiben. Dieser Bitte kam Schubart gerne nach, da er das Drama – welches im Kern eigentlich auf einer von ihm entworfenen Erzählung beruht – außerordentlich schätzte. Was er allerdings nicht wußte, war, daß Rieger mit diesem Plan in erster Linie beabsichtigte, Schiller, den er sehr verehrte, persönlich kennenzulernen und Schubarts Rezension sozusagen als Köder zu verwenden.

Um der Sache einen besonderen Reiz zu verleihen, sprach er mit Schiller ab, daß er Schubart als ein gewisser Doktor Fischer, ein guter Bekannter Schillers, vorgestellt werden solle. Gesagt, getan. Im Laufe des Gesprächs kamen die Männer sehr bald auf die „Räuber“ zu sprechen, und Schubart wurde aufgefordert, seine Rezension vorzutragen. Diese nun gipfelte in dem Wunsch, daß er den Verfasser des Dramas gern persönlich kennen würde.

Da konnte sich Rieger, dem alles nach Plan gelaufen war, nicht mehr halten: „Ihr Wunsch ist erfüllt; hier steht er vor Ihnen.“

In überschwenglichem Gefühl umarmten sich die beiden Dichter: Schubart in ehrlicher Freude, einen hoffnungsvollen jungen Poeten in die Arme zu schließen, der einen ähnlich antidespotischen Geist besaß wie er, Schiller in der Hoffnung, einem Manne sein Mitgefühl zu zeigen, dessen Schicksal nur zu leicht hätte auch sein eigenes werden können.

168. Was man incognito alles erfährt (1)

Anfang Oktober 1782 war Schiller von Mannheim aus mit Andreas Streicher in Frankfurt angekommen. Bei einer genaueren Besichtigung der Stadt besuchten sie auch mehrere Buchläden. In einem stellte Schiller dem Buchhändler die Frage: „Das berüchtigte Schauspiel Die Räuber, findet es guten Absatz? Und kann Er mir auch sagen, wie das Publikum darüber denkt?"

Die Antworten des Mannes auf beide Fragen fielen so positiv aus, daß sich Schiller, obwohl er sich zuvor als ein Doktor Ritter vorgestellt hatte, als der Autor des Dramas zu erkennen gab. Da war nun die Überraschung auf des Buchhändlers Seite. Zwar äußerte er sich nicht laut, doch war seinen Blicken wohl zu entnehmen, wie schier unglaublich es ihm war, daß ein so sanft und freundlich aussehender junger Mann etwas Derartiges geschrieben haben könne.

17. Was man incognito alles erfährt (2)

Anders erging es unserem Doktor Ritter in Bibra, einem kleinen Ort in der Nähe von Bauerbach, wo er das bürgerliche Trauerspiel „Kabale und Liebe" verfaßt hatte. Als er sich nämlich dort anläßlich seiner Abreise verabschiedete und den alten Ortspfarrer um sein Urteil, die „Räuber“ betreffend, ersuchte, sagte dieser nur, er finde das Drama übertrieben. Diesmal seine Rolle als Dr.Ritter nicht aufgebend, konnte Schiller nur antworten: „Sie haben ganz recht, aber die Tendenz ist doch edel und gut.“

169. Ein schlechter Rezitator

Nach dem ungeheuren Erfolg, den die Uraufführung der „Räuber“ gehabt hatte, weilte Schiller mehrfach in Mannheim und festigte seinen Kontakt zur dortigen Bühne. So auch Ende September 1782, als er in einer Runde Mannheimer Schauspieler – unter ihnen der schon damals berühmte Iffland und der Regisseur Meyer – die ersten zwei Akte seines neuen Dramas „Fiesco“ vortrug.

In guter Erinnerung an den Erstling des Dichters wartete alles gespannt auf die Lesung. Schiller las den ersten Akt, dann den zweiten, doch war auch nicht das geringste Zeichen von Lob oder Beifall zu hören. Nach dem zweiten Akt wurden Erfrischungen gereicht, alles zerstreute sich in Haus und Garten, einer der Schauspieler schlug gar ein Bolzschießen vor – kurz: Die Lesung war verpufft und Schiller äußerst verstimmt.

Als man auseinanderging, bat sich Meyer das Manuskript des „Fiesco“ über Nacht aus. Wie erleichtert war Streicher, der treue Freund, als er es am nächsten Morgen abholen wollte und Meyer ihn mit den Worten überfiel: „Fiesco ist ein Meisterstück, weit besser bearbeitet als die Räuber. Aber wissen Sie auch, was schuld daran ist, daß ich und alle Zuhörer es für das elendeste Machwerk hielten? Schillers schwäbische Aussprache und die verwünschte Art, wie er alles deklamiert.“

170. Ungesunder Enthusiasmus

Die Mannheimer Buchhändlerstochter Louisa Schwan berichtet folgendes Ereignis: Einen Tag, nachdem Schiller einen Anfall von kaltem Fieber – so nannte man damals die Malaria – erlitten hat, geht mein Vater zu ihm, um nach ihm zu sehen. Er trifft ihn schreiend und wild gestikulierend an, nur in Hemdsärmeln, auf dem Tische des abgedunkelten Zimmers zwei Kerzen und eine Flasche Burgunder. Mein Vater: „Sie sind doch Mediziner, Schiller. Wollen Sie sich mit Gewalt ruinieren?“ Darauf Schiller: „Gerade habe ich den Mohren“ – im Fiesco nämlich – „am Kragen gepackt, und ich kann keinen poetischen Enthusiasmus entwickeln, wenn das Tageslicht ins Zimmer scheint.“

171. Streiter für die Rechtschreibung

Für die Übertragung des „Fiesco“ in Reinschrift wurde ein Regimentsschreiber verpflichtet. Schiller behagte dies anfangs sehr gut, da er beim Diktieren nach seiner eigenen Bequemlichkeit verfahren konnte: mal sitzend, mal liegend, mal auf- und abgehend. Als er jedoch einen genaueren Blick auf das Manuskript warf, war er entsetzt, Fiesco in Viesgo, Calcagua in Kallkhania verwandelt und auch andere Worte nicht in der gewohnten Rechtschreibung zu sehen.

Nach zwei weiteren mißlungenen Versuchen mit dem armen Schreiber entschloß er sich, das mühselige Geschäft selbst zu übernehmen.

172. Zärtliche Rücksichtnahme

In Schillers bürgerlichem Trauerspiel „Kabale und Liebe“ ist bekanntlich der Hofmarschall von Kalb eine recht lächerliche Figur. Als die von dem Dichter schwärmerisch verehrte Charlotte von Kalb mit ihrem Mann Anfang Mai 1784 nach Mannheim kam und des anderen Tages eine Aufführung des Dramas besuchen wollte, eilte Schiller ins Schauspielhaus, um den Namen „von Kalb“ im Sprechtext und auf den Theaterzetteln ändern zu lassen. Das Ehepaar von Kalb konnte den Dichter jedoch davon überzeugen, daß eine Veränderung des Namens beim Publikum viel eher den Verdacht erwecken würde, es bestehe eine Beziehung zwischen erdichteter und realer Person, und so blieb der Name der Dramenfigur bis auf den heutigen Tag.

173. Knappe Ressourcen

Bereits in diesen frühen Jahren soll Schiller häufig laut gerufen haben, er wollte manchmal gern sein letztes Hemd für einen guten, echt tragischen Stoff hergeben.

174. Abneigung gegenüber den frühen Stücken

In seinen Weimarer Jahren dachte Schiller öfters daran, seine frühen Stücke und insbesondere den „Fiesco“ umzuschreiben, da sie sich mit seinem klassischen Geschmack nicht mehr vertrugen. Allein – trotz aller Bemühungen in langen schlaflosen Nächten, trotz aller Beratungen mit Freunden an heiteren Abenden: Ohne den Charakter der Jugendwerke völlig zu verändern, wäre das nicht zu bewerkstelligen gewesen. So sah sich Schiller genötigt, seinen Vorsatz aufzugeben und die Stücke so zu lassen, wie sie waren.

ERSTER AUFENTHALT IN WEIMAR

175. Zusammentreffen mit dem ersten „Weimarer Riesen“

Schiller, der Wieland, Herder und Goethe in jener Zeit die „drei Weimarer Riesen“ tituliert hatte, besuchte bei seinem ersten Aufenthalt in Weimar zuerst Wieland, den Grandseigneur aufklärerischer Poesie. Nachdem er sich zu diesem durch das Gedränge seiner erklecklichen Kinderschar durchgekämpft hatte, war er froh, daß Wieland ihn ganz wie einen alten Bekannten behandelte. Er, der um fast drei Jahrzehnte Ältere, stellte Schiller in Aussicht, daß ihr Verhältnis lange dauern und dabei allmählich reifen solle: „Wir wollen uns Zeit nehmen, einander etwas zu werden.“

In einem Brief kommentierte Schiller diese Herzlichkeit und Ungezwungenheit der Situation mit dem Satz: „Ein Augenblick machte alles.“

176. Zusammentreffen mit dem zweiten „Weimarer Riesen“

Herder, den zweiten Weimarer Riesen, traf Schiller unter völlig anderen Umständen, nämlich bei einer Predigt in der Stadtkirche zu St. Peter und Paul, so daß er mit ihm nicht sprechen konnte.

Die für Herders Predigtstil typische Mischung aus mit sich selbst geführtem Diskurs, Popularphilosophie, Beispielen aus dem bürgerlichen Alltagsleben und lessingscher Überkonfessionalität gefiel ihm ausnehmend gut, besser als jede andere Predigt, die er in seinem Leben gehört hatte, obwohl – so fügte er verschmitzt hinzu – ihm eigentlich überhaupt keine Predigt gefalle.

177. Der dritte „Weimarer Riese“ weilt noch in Italien

Als Schiller im Juli 1787 nach Weimar kam, weilte Goethe, der dritte „Weimarer Riese“, noch in Italien, wohin er am 3.September des Vorjahres – sehr zum Verdruß der Frau von Stein – heimlich aufgebrochen war. So war Schiller ganz froh, in seiner vermeintlichen Winzigkeit nur zwei „Riesen“ begegnen zu müssen. In diese Zeit fällt sein derber Satz: „Ich betrachte ihn wie eine stolze Prüde, der man ein Kind machen muß, um sie vor der Welt zu demütigen.“

178. Bekränzung

Der Park an der Ilm gehörte nicht nur zu Goethes, sondern auch zu Schillers Lieblingsorten. Hierhin zog es ihn schon bei seinem ersten Weimarer Aufenthalt. Die frühen Morgenstunden waren die Zeit, in der er völlig ungestört sein wollte, und daher beschleunigte er oft seinen eher behäbigen Spaziergangsschritt, bog in einen Seitenpfad ein oder versteckte sich gar in der Felsengrotte, um nur ja niemandem zu begegnen. Ließ er sich aber irgendwo nieder, kam es nicht selten vor, daß er bald einschlief, denn er pflegte ja des Nachts zu arbeiten.

Bei einem dieser Spaziergänge hatte er die damals erst sechzehnjährige spätere Geheimrätin von T. und ihre Freundinnen nicht bemerkt, und als er in einem schattigen Gange tatsächlich eingeschlummert war, sammelten die Mädchen Rosen, flochten sie zu Gewinden und bekränzten damit den verehrten, angehimmelten Dichter. So unter Rosen erwachend soll Schiller erstaunt und gerührt geflüstert haben: „Das haben mir die Kinder getan."

GESCHICHTSPROFESSOR IN JENA

179. Der Ruf eilt ihm voraus

Als Schiller am 26.Mai 1789 in Jena um 18 Uhr seine Antrittsvorlesung halten wollte, erwies sich der Hörsaal des Kantianers Reinhold mit seinen 80 Sitzen als viel zu klein: Mehrere hundert Studenten hatten seit 17 Uhr 30 nicht nur das Auditorium, sondern auch dessen Treppen und den Vorhof dermaßen belagert, daß an eine ordnungsgemäße Lehrveranstaltung nicht im entferntesten zu denken war. So zog man in den größten Hörsaal Jenas um, das Auditorium des Theologen Griesbach in der Johannisgasse, das 400 Plätze faßte.

Dieser Umzug, dem Schiller und Reinhold unter den Augen der ganzen Stadt folgten, verursachte nicht nur eine Massenhysterie, sondern kurioserweise auch einen Feueralarm. Am Abend brachten die Studenten dem akademischen Brandstifter eine Nachtmusik und ein dreifaches „Vivat“ aus.

180. Unpassender Vortrag

In seiner Antrittsvorlesung mit dem Thema „Einleitung in Universalgeschichte“ las Schiller alles Wort für Wort ab, und sein Manuskript war so verfaßt, daß es eher eine Rede darstellte als einen Vortrag, der den Namen „akademische Lehre“ verdient hätte.

Hinzu kam, daß die trockenen und schlichten historischen und geographischen Fakten in unfreiwillig komischem Kontrast zu Schillers pathetischem Ton standen.

Böse Zungen in Jena behaupteten daher, die große Zuhörerschaft von 400 Studenten sei lediglich auf den Umstand zurückzuführen gewesen, daß für die Vorlesung kein Hörergeld zu bezahlen war und sie am späten Abend stattfand: zu einer Zeit, wenn niemand der Jenenser Professoren mehr las.

181. Opfer eines Streichs

Der Name Johann Georg August Galettis, eines Gothaer Gymnasialprofessors und Historikers, mußte Jenenser Studenten für einen akademischen Streich herhalten: Schiller hatte Galetti wegen seiner Art, die Geschichte zu behandeln, für den langweiligsten und geistlosesten Historiker erklärt, der je gelebt habe. Daraufhin erkundigten sich die Studenten angelegentlich, ob Schiller mit Galetti jemals in persönlichen Kontakt getreten sei, und als er das verneinte, schrieben sie im Namen Galettis einen fingierten Brief an ihn mit dem Inhalt, zwar sei seine Sprache ziemlich gebildet, doch seien die historischen Fakten falsch und unhistorisch vorgetragen, was auf einen grundlegenden Mangel an Geschichtskenntnis hindeute. Er, Galetti, mache ihm deshalb den Vorschlag, Geschichte gemeinschaftlich zu bearbeiten, wobei er selbst sich um die Richtigkeit der historischen Fakten kümmern wolle, Schiller hingegen die poetische Sprache liefern solle. Ein solcher Bund zwischen Verstand und Phantasie sei wohl in der Lage, vollkommene historische Werke zu erzeugen.

Nachdem er diesen Brief erhalten hatte, sagte Schiller bei Tische mit der Arglosigkeit eines Kindes zu den Studenten: „Stellen Sie sich vor, was der

Galetti, der verfluchte Kerl, mir schreibt. Er denkt ernsthaft an eine Zusammenarbeit mit mir, bei der er glaubt, den Part des Verstandes übernehmen zu können, während er mir nichts als die dichterische Sprache zutraut. Dieser Esel hat wahrhaft nie etwas von dem begriffen, was Geschichte in ihrem Wesen ist. Dem werde ich etwas Gehöriges antworten."

Ein Antwortbrief jedoch blieb – aus welchen Gründen auch immer – ungeschrieben.

182. Initiator eines Streichs

Nicht nur im 18.Jahrhundert war es für Männer Usus, bei Schlittenfahrten eine Dame als Begleitung mitzunehmen, vor allem, da eine solche Veranstaltung die unverfänglichste Möglichkeit bot, zarte Bande zu knüpfen.

Im Winter 1791/92 hatte Schiller mit seinen Tischgenossen eine solche Schlittenfahrt verabredet. Einer von ihnen, der Student Johann Karl von Fichard, von Schiller als „guter Freund" bezeichnet, war mit seinen achtzehn Jahren in Liebesdingen noch sehr unerfahren, so daß er nicht recht wußte, wo und wie eine weibliche Begleitung hernehmen. Schiller, der in heiteren Stunden immer zu einem Spaß aufgelegt war, ermunterte ihn, sich doch einfach von einer gegenüber wohnenden Mutter die Tochter zu diesem Ausflug zu erbitten.

Gesagt, getan: Nach Tisch ging Fichard in seinem feinsten Anzug in das Nachbarhaus, und vom Fenster aus konnte Schiller zuerst sein höfliches Werben, dann das Erstaunen der Mutter über das ungewöhnliche Ansinnen, ihre abschlägige Antwort und schließlich den wie einen begossenen Pudel sich davonstehlenden Fichard beobachten.

183. Professorenkränzchen

Im Herbst 1792 hatte sich in Jena ein Professorenkränzchen gebildet, bei dem sich Mitglieder aller Fakultäten trafen und verschiedenste Gegenstände gleichsam von allen wissenschaftlichen Seiten beleuchtet wurden.

Schiller, der von jeher alle Möglichkeiten, seine Kenntnisse zu erweitern, begierig aufgriff, besuchte diese Gesellschaft anfangs mit Vergnügen, dann jedoch sollte der Philosophieprofessor Reinhold ihm die Sache verleiden. Dieser hatte nämlich über Ästhetik gelesen, und Schiller, der gerade begonnen hatte, Kants „Kritik der Urteilskraft“ zu studieren, begann auch eine Vorlesung über Ästhetik.

Diese Kollision nahm Reinhold ihm sehr übel. Zwar kam er weiterhin zu dem Professorenkränzchen, zog sich aber regelmäßig wie ein schmollendes Kind in den hintersten Winkel des Zimmers zurück und sprach kein einziges Wort mehr. Sogar Essen und Trinken ließ er sich von seiner Frau dahin bringen. Obwohl er ihr eigentlich gut gesonnen war, nannte Schiller deswegen Reinholds Frau nur noch „Reinholds Raben“.

184. Hohes Ansehen

Während es heute in Universitäten üblich ist, Vortrag, Vorlesung oder Seminar eines Professors dadurch auszuzeichnen, daß die Studenten mit ihren

Fingerknöcheln auf die Tische klopfen, wurde in Jena zur Zeit Schillers akademischer Beifall durch Stampfen mit den Füßen ausgedrückt: je heftiger das Stampfen zu Beginn und Ende einer Lehrveranstaltung, desto größer die Ehre. Umgekehrt wurde Mißfallen durch lautes Füßescharren kundgetan.

In der wenigen Zeit, in der Schiller öffentlich las, geschah jedoch nichts dergleichen. Das Gefühl für Schillers hohen Wert war unter den Studenten so groß, daß er von ihnen in ehrfurchtsvoller Stille empfangen und entlassen wurde.

FREUNDSCHAFT MIT GOETHE

185. Im Prinzip uneitel

Schiller – so wird berichtet – sei Eitelkeit im Grunde fremd gewesen, in ganz wenigen Augenblicken seines Lebens jedoch habe sie sich in ihn verbissen wie ein wildes Tier.

Einer solcher Momente geschah wohl am 14. Dezember 1779. Schiller, soeben zwanzig geworden, durfte in der Karlsschule viermal die Stufen zum Thron seines Herzogs Karl Eugen emporsteigen, um viermal einen Preis für ganz unterschiedliche besondere Leistungen entgegenzunehmen. Vermutlich hätte ihn bei dieser Veranstaltung weniger Stolz befallen, wenn nicht in zufälligen politischen Geschäften Goethe, der von der Jugend verehrte Dichter des „Götz“ und des „Werther“, zusammen mit dem Weimarer Herzog Karl August zugegen gewesen wäre. Vor ihm emporzuschreiten und öffentlich geehrt zu werden, wissend, daß ein allseits geschätztes Künstlervorbild anwesend, welches nicht weiß, daß man von ihm weiß: all das mag wohl die schlummernde Eitelkeit eines noch sehr jungen Mannes wecken.

186. Erste Annäherung

Als Goethe den späteren Freund im Oktober 1790 aufsuchte, um ihn von Körner zu grüßen, den er kurz zuvor besucht hatte, fand er Schillers Zimmer unaufgeräumt, ihn selbst aber sehr aufgeräumt vor.

So kam man über den gemeinsamen Bekannten

und Freund schnell auf den Punkt, daß dieser sich in der letzten Zeit viel mit kantischer Geschichtsphilosophie beschäftigt habe. Goethe, der – ganz im Gegensatz zu Schiller – die Abstraktionen der Philosophie im Grunde wenig schätzte, hatte mit ihm in diesem Augenblick eines gemein: Beide waren über den gemeinsamen Gesprächsgegenstand wenig unterrichtet, empfahlen sich wechselseitig die Lektüre der „Ideen zu einer allgemeinen Geschichte in weltbürgerlicher Absicht“ und schieden in dem Gefühl, einander nähergekommen zu sein, ohne daß sie über einen echten gemeinsamen Gegenstand tatsächlich gesprochen hätten.

187. Erfahrung gegen Idee

Mehr zufällig als gewollt zusammen von einer Sitzung der „Naturforschenden Gesellschaft“ in Jena aufbrechend, fanden sich Goethe und Schiller am späten Abend des 20.Juli 1794 im wahrsten Wortsinn vor der Tür und konnten so nicht anders, als gemeinsam ein Stück Weges zu gehen.

Man redet sich in Eifer, kommt vor Schillers Wohnung an und – weniger aus höflicher Etikette denn aus echtem Interesse am Gesprächsgegenstand – bittet dieser den anderen hinein, damit er sich über seinen Naturbegriff näher erklären möge. Der läßt sich nicht zweimal bitten, entwickelt seine Theorie der Metamorphose der Pflanzen und der Urpflanze, die er als „Erfahrung“ bezeichnet. Schiller hört dem Erfahrungsmenschen aufmerksam zu und überrascht ihn am Ende mit dem Satz: „Ihr Begriff der Urpflanze, Herr Geheimer Rat, ist keine Erfahrung, das ist eine Idee.“

Darauf Goethe, verärgert und frostig: „Das kann mir sehr lieb sein, daß ich Ideen habe, ohne es zu wissen, und sie sogar mit meinen eigenen Augen sehe.“

Hätte in diesem Moment die Neugierde auf den jeweils anderen nicht den aufgebrochenen Zwiespalt überbrückt: deutsche Klassik hätte es nie gegeben.

188. Xenienfreundschaft

In der ländlichen Einsamkeit von Schillers Wohnung im Hause Griesbachs entstanden viele Xenien: jene Spottverse, in denen nicht nur zeitgenössisches Spießertum, sondern all das gegeißelt wird, was dem klassischen Kunstideal Goethes und Schillers nicht entsprach.

Sie und ihre Schwester – so berichtet Minna Körner – hätten im Wohnzimmer gesessen, während aus der darüberliegenden Stube die Stimmen und das Gelächter, ja gelegentlich gar das Fußstampfen der beiden Dichter zu hören gewesen sei.

Zum Mittagessen seien die beiden häufig mit dem Satz auf den Lippen heruntergekommen: „Heute sind die Philister wieder tüchtig geärgert worden.“

189. Unziemlich

In einem Überschwang von Enthusiasmus begann Schiller einen Brief an Goethe mit den Worten „Geliebter Freund!“ Eine solche Anrede wurde von Goethe nie erwidert.

190. Wiedersehen nach schwerer Krankheit

Nachdem Anfang des Jahres 1805 Goethe wie Schiller schwerkrank gewesen waren, trafen sie sich nach Wochen der Trennung wieder. Schiller, der zuerst genesen war, besuchte Goethe, und als die beiden sich sahen, fielen sie sich um den Hals und gaben sich einen sehr langen, sehr herzlichen Kuß. Zu diesem Zeitpunkt hatte noch keiner von beiden auch nur ein Wort gesprochen, und als sie begannen, miteinander zu reden, erwähnte keiner die überwundene Krankheit mit einem Sterbenswörtchen. Anscheinend genossen es beide, wieder vereint zu sein, offenbar ahnend, daß die letzten Wochen ihrer gemeinsamen Zeit angebrochen waren.

191. Letzte Begegnung

Zu Beginn von Schillers Todesjahr stockten die gewohnten Kontakte und Unterredungen der Dichter fast völlig: Beide wurden von heftigen Krankheitsanfällen heimgesucht, im Februar und März tauschten sie nur noch kurze Briefe aus.

Anfang Mai wagte Goethe sich bei besserem Wetter das erste Mal wieder vor die Tür und traf Schiller, der eben im Begriffe war, ins Theater zu gehen. Wie gewohnt tauschte man einen Händedruck, einige Worte, doch ohne zu wissen, daß es die letzte Unterhaltung sein würde. Goethe stand nicht der Sinn danach, Schiller ins Schauspiel zu begleiten, und so verabschiedete man sich vor Schillers Haus, um sich niemals wiederzusehen.

192. Vernichtet

Da Goethe auf dem Weimarer Theater keine Totenfeier für Schiller ausrichtete, wie sie vielerorts veranstaltet wurde, sah er sich zahlreichen Anfeindungen ausgesetzt. Erst viel später entschuldigte er dies mit den Worten: „Wie konnte ich das? Ich war ja vernichtet.“

DER KRANKE

193. Lob der Willenskraft

Geschwächt durch einen zwölfstündigen Gewaltmarsch am Tage zuvor, erlitt Schiller auf der Flucht von Stuttgart einen körperlichen Zusammenbruch: Zuerst setzte er seine Füße immer langsamer voreinander, dann stieg seine Blässe, schließlich legte er sich auf einer Waldlichtung nieder, um sich auszuruhen.

Der mit ihm geflohene Andreas Streicher hatte schon fast die Hoffnung aufgegeben, Frankfurt noch am selben Tage erreichen zu können, als Schiller nach einer mehrstündigen Ruhepause seine Energien wieder so weit gesammelt hatte, daß sie weiter konnten. Seine Absicht, noch unbedingt heute einen Brief an Dalberg in Mannheim zu schicken, stärkte seine Kräfte ebenso wie die Auskunft einiger Landarbeiter, bis zur Stadt sei es noch eine knappe Stunde, so daß sie ihr Ziel mit beflügelten Schritten noch vor Einbruch der Dunkelheit erreichten.

194. Ärztlicher Aberglaube

Während seiner Arbeit an der „Geschichte des Abfalls der Niederlande“ wurde Schiller über mehrere Tage von heftigstem Schnupfen und Schüttelfrost geplagt. Der zu Rate gezogene Arzt Conradi bemerkte schnell, daß Schiller der Gedanke, wegen seiner allgemeinen Kränklichkeit die Schrift nicht fertigstellen zu können, sehr bedrückte. Nicht ohne therapeutischen Hintersinn sagte Conradi: „Seien Sie unbesorgt, der Tod wird Sie nicht hindern an der Fortsetzung; Sie werden aber sterben, sobald Sie dieses Werk beendigt."

Schiller hörte diesen kollegialen Rat aufmerksam an. Die „Geschichte des Abfalls der Niederlande" blieb unvollendet.

195. Kant als Medizin

Schon seit dem Januar des Jahres 1791 hatte Schiller mehrere Krankheitsschübe erlitten, als ihn beim Besuch seiner Schwägerin in Rudolstadt Anfang Mai schwerste Erstickungs- und Fieberanfälle dem Tode nahebrachten. Zwischen zwei Ohnmachten sprach er den Satz: „Dem allwaltenden Geiste der Natur müssen wir uns ergeben und wirken, solange wir's vermögen", was als Beruhigung für die beiden Frauen gedacht war. Als ihm das Sprechen unmöglich wurde, schrieb er auf ein Blatt: „Sorget für eure Gesundheit, man kann ohne das nicht gut sein." Unablässig rieb Lotte seine Arme und Beine, um eine weitere Ohnmacht zu verhindern.

In einer Ahnung greift Caroline zu Kants „Kritik der Urteilskraft", die Schiller in den Wochen zuvor intensiv studiert hat, und liest ihm einige Passagen vor, die sich mit der Unsterblichkeit der Seele beschäftigen. Der tiefe Schlaf, in den er nach dem Anfall sinkt, leitet einen über Wochen sich hinziehenden Genesungsprozeß ein.

196. Erschöpfung

Infolge seines durch die Krankheit dauerhaft geschwächten Körpers konnte es Schiller passieren, daß er ohne irgendwelche Vorzeichen mitten im abendlichen Gespräch vom Schlaf übermannt wurde: Er sank dann auf dem Stuhle in sich zusammen und mußte von seiner Familie ins Bett getragen werden.

197. Die Vorteile einer schwachen Gesundheit

Ehrenämter und Aufträge, denen man im öffentlichen Leben nur schwer entgehen kann, pflegte Schiller mit dem Hinweis auf seine angegriffene Gesundheit abzulehnen. Im Kreise von Vertrauten ließ er dazu verlauten: „Kränklichkeit ist zwar leider mein Teil, aber auch das Steckenpferd, das ich reite, wenn man mich mit Vokationen heimsucht."

198. Poetischer Diebstahl

Wie sein philosophischer Ziehvater Kant litt auch Schiller stark unter Obstipation. Heinrich Voß klagte er im Vertrauen sein Leid: „Ach, die verwünschten Verstopfungen! Sie rauben mir alle Jahre zwei Trauerspiele, die ich ohne sie schreiben würde."

DAS KLASSISCHE JAHRZEHNT

199. Gartenhaus in Jena

Im Frühling 1797 zog Schiller in seinen damals noch vor den Toren Jenas recht ländlich liegenden Garten. In dessen hinterer Ecke ließ er ein kleines Holzhaus bauen, wo er in den Sommermonaten oft bis tief in die Nacht hinein arbeitete. Zu Caroline von Wolzogen äußerte er sich dazu folgendermaßen: „Ich liebe sehr, daß die Hauswirtschaft ordentlich geht, aber ich mag das Knarren der Räder nicht hören.“

200. Nachricht vom Tod der Mutter

Als Lotte am 10.Mai 1802 die Nachricht erhalten hatte, daß ihre Schwiegermutter gestorben sei, brachte sie es zuerst nicht übers Herz, es ihrem Manne zu sagen. In dem Augenblick, als sie es nämlich wollte, fand sie ihn in seinem Zimmer so friedlich bei der Arbeit sitzen, daß sie den Brief ihres Schwagers Reinwald unterdrückte.

Als Schiller es dann schließlich doch erfuhr, sagte er, daß wir leider den Tod als den einzigen Trost und das Ende unserer vielen Schmerzen ansehen müßten.

201. Abweisend

Schiller, obwohl in kleinen Gesellschaften oft in ausgelassenster Stimmung, zeigte sich Fremden gegenüber manchmal abweisend bis zur Brüskierung.

Dies bekam ein junger Chirurg aus Berlin in ganzer

Härte zu spüren. Er hatte unangemeldet angeklopft und erhielt auf seine höfliche Frage, ob er den berühmten Schiller vor sich habe, die Antwort: „Ich bin Schiller, aber heute können Sie ihn nicht sprechen.“ Sprach’s, schob ihn hinaus und machte ihm die Tür vor der Nase zu.

202. Über die Verfahrungsweise von Schillers poetischem Geist

Ein dichterisches Werk konzipieren und es niederschreiben waren für Schiller getrennte Vorgänge: Zuerst arbeitete er etwas gänzlich im Kopfe aus, dann brachte er es zu Papier, so daß eine Verfertigung der Gedanken beim Schreiben nicht stattfand.

Hatte er dann etwas ausformuliert, pflegte er sich selbst alles laut vorzulesen, besonders metrische Dichtungen, und machte so sein Ohr zum Richter über Rhythmus und Harmonie.

203. Faule Äpfel als Poetikum

Nicht nur im Geistigen, sondern auch im Physischen waren Schiller und Goethe völlig unterschiedliche Naturen. Was dem einen wohl tat, konnte dem anderen im buchstäblichen Sinne Kopfschmerzen bereiten.

Als Goethe eines Tages – wie so häufig – Schiller besuchte und von dessen Frau freundlich aufgefordert wurde, er möge doch im Arbeitszimmer warten, Schiller müsse jeden Augenblick zurück sein, überfiel ihn nach kurzer Zeit große Übelkeit. Dieses Gefühl verstärkte sich noch, als er sich an Schillers Schreibtisch setzte, um sich etwas zu notieren. Schließlich bemerkte er, daß einer leicht geöffneten Schublade neben ihm ein ekelerregender Geruch entströmte. Goethe zog sie ganz auf und stellte überrascht fest, daß sie voll fauler Äpfel war. Angewidert ging er zum Fenster, riß es auf und schöpfte frische Luft.

In dem Moment trat Schillers Frau ins Zimmer und erklärte Goethe auf seine Nachfrage: „Herr Geheimer Rat, diese Schublade muß immer mit faulen Äpfeln gefüllt sein, denn ihr Geruch tut Schillern wohl. Ohne ihn kann er weder leben noch arbeiten."

204. Rührung durch Musik

Schiller, der nie ein Instrument gelernt hatte, war vielleicht nicht besonders musikalisch, hatte aber durchaus eine – wie man so sagt – Ader für Musik. Schon in Oggersheim im Oktober 1782 forderte er den mit ihm aus Stuttgart geflohenen Andreas Streicher oft auf, Klavier zu spielen, da das seine poetischen Ideen beflügele, und als er das erste Mal eine Oper des damals noch sehr beliebten Gluck hörte, reagierte er entzückt: „Man wirft mir oft meine Unempfänglichkeit für Musik vor, aber ich fühle jetzt, daß es wohl auch die Schuld der Musik gewesen sein mag, daß ich ungerührt blieb."

205. Dichtungsgespräch beim Froschkonzert

Apoll, der Gott der Dichter und des ästhetischen Eros, sucht sich bisweilen merkwürdige Stätten und Umstände seines Wirkens, und die eigenartigsten Blüten scheint dieses unter dem preußischen Himmel zu treiben.

Nach einer Reise durch die Mark Brandenburg im April 1804 kam die Familie Schiller erst gegen zwölf Uhr nachts an die Tore Potsdams, die um diese Zeit bereits geschlossen waren. Bis der Adjutant den Schlüssel aus der ziemlich entfernten Wohnung des Stadtkommandanten geholt hatte, verging eine lange Zeit. Der Offizier des Wachtpostens, ein junger Leutnant, hatte jedoch den Namen „Schiller" vernommen und fing mit dem Dichter, dessen Werk er gut zu kennen schien, ein tiefes und interessiertes Gespräch über dessen Dichtung an. Schiller war in heiterster Stimmung und gab auf alle Fragen bereitwillig Auskunft. Nach einer ganzen Weile kam der Adjutant mit dem Torschlüssel zurück, und die Familie konnte im Hotel Russie unter den Linden die ersehnte Nachtruhe antreten.

Als sein Sohn Karl ihn am folgenden Tag auf dieses merkwürdige Ereignis ansprach, vor allem darauf, daß das Gespräch doch von einem ohrenbetäubenden Froschkonzert begleitet worden war – ein Umstand, der dem Vater offenbar unbemerkt geblieben sei –, äußerte Schiller nur: „Es hat mich gefreut und unterhalten."

206. Kunstgespräche mit Tieck

Der romantische Dichter Ludwig Tieck besuchte Schiller am 23.Juli 1799 in dessen Gartenhaus in Jena. Da Schiller von seiner engen Verbindung mit den Schlegels wußte, mit denen er sich seit der Zeit der Xenien überworfen hatte, empfing er ihn recht zurückhaltend, war aber gleichwohl an Tiecks Urteil über Literatur interessiert. Nach kurzer Zeit kam das

Gespräch auf die spanische Literatur. „Meinen Sie denn auch, daß Lope de Vega eine so große Ähnlichkeit mit Shakespeare hat?“ wollte Schiller wissen. Doch so sehr er auch nachfragte – Tieck konnte keine ihn befriedigende Antwort geben. Wiederholte Besuche änderten daran nichts; ihr Gespräch blieb an der Oberfläche.

Noch bei ihrer letzten Begegnung am 1.September 1801 in Dresden lagen sie in ihren ästhetischen Urteilen auseinander. Es ging um den unterschiedlichen Rang von Plastik und Malerei. Tieck, der gerade die Dresdener Galerie besucht hatte, wollte letzterer aufgrund der für sie konstitutiven Farbigkeit vor der Plastik den Vorzug geben. Schiller jedoch, der in seinem Urteil in bezug auf bildende Kunst von Goethes Sichtweise geprägt war, zeigte auf ein rotes Umschlagtuch seiner Frau, welches in der Nähe des Fensters lag: „Sehen Sie zum Beispiel dieses Tuch. In diesem Augenblick erscheint es noch rot. Wechselt aber das Licht, wird sich dasselbe Rot uns lila oder grau zeigen und damit auch der ästhetische Eindruck ein anderer werden müssen. Eine solche Unfestigkeit und Unstete kennt die Plastik nicht.“

207. Kritik an Tieck

Johann Heinrich Voß, Sohn des Eutiner Dichters und Schuldirektors gleichen Namens, war in Schillers letzten Lebensjahren Hauslehrer seiner Kinder und zu dessen engem Vertrauten geworden. Über Tiecks Musen-Almanach auf das Jahr 1802, in dem zahlreiche romantische Dichter publiziert hatten, urteilte Schiller ihm gegenüber: „Eine geistreiche Erscheinung, wie wahr. Aber bedenken Sie die Folgen, die wohl eher schädlich als nützlich sein dürften!“

208. Neuerliche Kritik an Tieck

Die Romantiker entdeckten nicht nur das Mittelalter und seine Literatur neu, sie versuchten zum Teil selbst im Stil des Mittelalters zu dichten. So auch Tieck, der einen Kranz von Minneliedern verfaßte.

Diese stießen auf Schillers bittersten Sarkasmus: Er habe über das Mobiliar dieser Gedichte eine Inventarliste erstellt mit dem Ergebnis, daß darin weder Tisch, Stuhl, Bett noch irgend sonst eine Gerätschaft, die man im täglichen Leben dringend benötige, anzutreffen seien. An einen ordentlichen und echt poetischen Haushalt sei also unter solchen Umständen nicht im entferntesten zu denken. Sollten die Spatzen auf dem Dache jemals in die Verlegenheit kommen, zu schreiben oder gar einen Almanach für Liebe und Freundschaft herauszugeben – genau so wie der Tieck’sche würde er aussehen. Ein Garten, ein Baum, eine Hecke, ein Wald, ein Liebchen: Mehr habe auch in dem Kopf eines Sperlings nicht Platz. Und Blumen, die dufteten, und Früchte, die reiften, und der Frühling, der komme, und der Winter, der gehe, und nichts, was bleibe, als die ödeste Langeweile.

209. Förderung des literarischen Nachwuchses

Als Schiller im Frühjahr 1804 zu einigen Aufführungen seiner Stücke in Berlin weilte und Prinz Louis Ferdinand von Preußen ihm zu Ehren ein Gastmahl gegeben hatte, verbrachte er eine schlaflose Nacht infolge des Montrarchet-Burgunders, den er überaus liebte und den der Prinz ihm überreich kredenzt hatte. In nicht gerade bester Stimmung traf ihn Iffland, der damalige Direktor des Berliner Nationaltheaters, am nächsten Morgen an.

„Haben Sie nichts zu lesen für mich?“ fragte ihn Schiller. „Was hätt’ ich“, so Iffland, „was Ihnen nicht schon bekannt wäre?“ „Etwas Neues, vielleicht ein Manuskript, das Ihnen zur Begutachtung zugeschickt worden?“ Kurze Zeit später kehrte Iffland mit Zacharias Werners Drama „Die Söhne des Tals“ zurück, worauf er bis zu diesem Zeitpunkt kaum einen Blick geworfen hatte.

Tags darauf besuchte Iffland Schiller erneut. „Wie geht es Ihnen heut? Haben Sie gut geschlafen?“ fragte er beim Eintreten. Darauf Schiller: „Mir geht es gut, geschlafen habe ich aber gar nicht, und zwar wegen des Manuskripts von diesem gewissen Werner. Das ist Ihr Mann, an den müssen Sie sich halten, wenn Sie etwas für die Bühne haben wollen.“

Beeindruckt durch dieses Urteil, verstand es Iffland, Zacharias Werners Versetzung nach Berlin zu betreiben, wo er dann 1807 mit seinem Stück „Martin Luther oder Die Weihe der Kraft“ reüssierte.

210. Schlechter Publikumsgeschmack

In seiner Zeitschrift „Die Horen“ – so schreibt Schiller an seinen Verleger Cotta – bekomme das Publikum eine kräftige Speise vorgesetzt, und solle es Leser geben, die Wassersuppen in den anderen Journalen vorzögen, so sei daran eben nichts zu ändern. Ihm sei es unmöglich, sich auf die Dauer gegen Stumpfsinnigkeit und Geschmacklosigkeit zu wehren; daher wäre es besser, die Zeitschrift einzustellen, wenn die öffentliche Stimme dagegen sei.

211. Nachsicht mit Schauspielern

Bei der Generalprobe zu Schillers Bearbeitung des „Macbeth“, die am 14.Mai 1800 im Weimarer Nationaltheater aufgeführt werden sollte, kam es zu einer heftigen Auseinandersetzung zwischen Goethe und dem begabten und von ihm durchaus geschätzten Schauspieler Vohs, da dieser seinen Text völlig unzureichend beherrschte und selbst lauteste Einhilfen des Souffleurs nur wenig fruchteten.

„Sie können ja kein Wort von Ihrer Rolle, wie wollen Sie denn den Macbeth spielen? Sollen wir uns vor den höchsten Herrschaften und dem Publikum blamieren? Es bleibt uns nichts, als die morgige Premiere abzusetzen.“ Schiller versuchte Goethes Zorn zu besänftigen, verwies auf Vohs’ künstlerische Ruhe und seine Genialität ebenso wie auf seine hervorragende Auffassung des Macbeth’schen Charakters, die ihn bei der Uraufführung alle Klippen umschiffen lassen würden.

Des anderen Tages steigerte sich der Beifall von Akt

zu Akt, und insbesondere die schauspielerische Leistung des geschmähten Vohs riß das Publikum zu immer größeren Beifallsstürmen hin.

Am Ende des Stücks kam Schiller auf die Bühne, umarmte den Schauspieler und sagte in seinem zeitlebens beibehaltenen schwäbischen Dialekt: „Ich muß Ihne sage: meischterhaft! meischterhaft!“ Und zu Goethe: „Ich habbe recht gehabt! Er hat zwar ganz andere Vers gesproche, als ich sie geschriebe hab, aber er ischt trefflich!“

212. Poetische Ohnmacht der Kriegswissenschaft

Während seiner Arbeit am „Wallenstein“ bat Schiller den preußischen Offizier Ludwig von Wolzogen, er solle ihm doch eine genaue Schilderung einer Schlacht des Dreißigjährigen Krieges liefern, damit er die Todesszene Max Piccolominis, an der er gerade arbeitete, anschaulicher darstellen könne.

Als Wolzogen darufhin wahrhaftig „schweres Geschütz“ auffuhr und von „Karthaunen“, „Colubrinen“ und „Bombarden“ sprach, schlug Schiller entsetzt die Hände über dem Kopf zusammen: „Wie können Sie nur verlangen, daß ich eine Szene, welche auf die Zuschauer den höchsten tragischen Eindruck machen soll, mit soviel Knall und Dampf anfülle? Max kann nicht durch eine Kugel sterben, und sein Ende darf keinesfalls direkt auf der Bühne dargestellt, sondern nur berichtet werden.“

So mußte die Kriegswissenschaft vor der Poesie die Waffen strecken, und erst nach längerer Zeit fand Schiller die Lösung, Max nicht durch Feindes Hand, sondern unter den Hufen der Pferde seines eigenen Regiments sterben zu lassen – ein Tod, dessen Erzählung durch den schwedischen Hauptmann im „Wallenstein“ die Zuschauer bis auf den heutigen Tag zutiefst berührt.

213. Alkoholisierte Premiere

Bereits nach wenigen Szenen der Premiere zeigte sich, daß Schillers „Wallenstein“ beim Publikum einen ungeheuren Erfolg hatte. Der Dichter war hochvergnügt, lobte die Schauspieler eins ums andere Mal und stellte zu dem Offiziersbankett im zweiten Akt der „Piccolomini“ zusätzlich einige Flaschen Champagner auf den Tisch, die er unter seinem Mantel heimlich ins Theater gebracht hatte.

Fast wäre hieran die Aufführung doch noch gescheitert, denn der junge Schauspieler Vohs, der von seinem lebhaften Spiel ganz erhitzt war, stürzte schnell ein paar Gläser hinunter, so daß er einen leichten Rausch bekam. Schlimmeres wurde nur dadurch verhindert, daß der Akt kurz darauf schloß und Vohs in der Pause Zeit hatte, sich wieder zu sammeln.

214. „Tolles Zeug“

Am 11.Februar 1805, ein Vierteljahr vor seinem Tod, hielt sich der von schwerem Schnupfenfieber befallene Schiller gerade in dem Augenblick im Garten seines Hauses an der Esplanade auf, als eine der Töchter aus dem Vorderhaus in festlicher Kleidung vorüberging. „Wo wollen Sie denn hinge-

hen, Mamsell Schmidt?“ sprach er sie an.
„In die Komödie, Herr Hofrat.“
„Was geben sie denn heute?“
„Wallensteins Lager.“
„Ach, da bleiben Sie lieber hübsch zu Haus“, versetzte Schiller, „’s ist ja so nur tolles Zeug.“

215. Achtungsbeweis

Auf der Rückreise von Dresden im September 1801 besuchte Schiller eine Aufführung seiner „Jungfrau von Orleans“ in Leipzig, die zu einer unerwarteten Jubelfeier geriet. Nachdem sich herumgesprochen hatte, daß der Dichter selbst anwesend sei, brachte ihm nach Schluß des Stückes das ganze Theaterparterre ein dreifaches „Vivat!“ aus, und als Schiller, seinen Sohn Karl an der Hand, aus dem Ausgang trat, bildete die Menge, die sich mit Fackeln ausgerüstet hatte, unaufgefordert eine Gasse und entblößte das Haupt. Und während in den hinteren Reihen Väter ihre Kinder in die Höhe hoben mit den Worten: „Der da ist es!“, verkroch sich Karl – aus lauter Angst, wie er später schrieb – unter den Rock seines Vaters.

216. Zuviel Zug in Berlin

Eine weitere, diesmal von Iffland inszenierte Aufführung seiner „Johanna“ erlebte Schiller in Berlin Anfang Mai des Jahres 1804. Inmitten all der Ehrenbezeigungen, die ihm zuteil wurden, sagte eine in seiner Nähe sitzende Dame: „Wenn der Vorhang aufgeht, ist leider sehr viel Zug zu bemerken“, und meinte damit die von dem gewaltigen Vorhang ausgehende Luftbewegung. Mit einem hintersinnigen Lächeln ging Schiller auf diese Bemerkung ein: „Ganz recht: viel Zug, zuviel Zug, es treibt sogar die Handlung auseinander“, und meinte damit den Krönungszug, den ihm Iffland viel zu pompös angelegt hatte.

217. Die Natur ist der Kunst gewogen

An dem sehr heißen 11.Juni 1803 wurde Schillers antikisierendes Drama „Die Braut von Messina“ in Lauchstädt aufgeführt. Das Schauspielhaus war über den letzten Platz hinaus besetzt, denn die Kunde, Schiller sei zugegen, hatte sogar zahllose Zuschauer aus der näheren Umgebung und aus Halle herbeigelockt. Die Wirkung der Tragödie, in der die Figuren trotz all ihres Kalküls als der Gewalt des Schicksals ausgeliefert gezeigt werden, war unbeschreiblich, und als der Schauspieler Graff im vierten Akt als Chorführer die Stelle zu sprechen hatte:

„Wenn die Wolken getürmt den Himmel schwärzen,
Wenn dumpftosend der Donner hallt,
Da, da fühlen sich alle Herzen
In des furchtbaren Schicksals Gewalt“,

brach tatsächlich über dem Theater ein furchtbarer Donnerschlag los, der das Haus bis in die Grundfesten erschütterte, so daß Graff, augenscheinlich ergriffen von den Naturgewalten, die Verse schier aus sich herausschrie. Weiterer Donner und ein rauschender Regenguß begleiteten das Stück bis zu seinem tragischen Ende, das unter der Wirkung des

Gewitters beim Publikum keinen Beifall, sondern Totenstille und aschfahle Gesichter hervorrief.

Nach dem letzten Vorhang kam Schiller auf die Bühne, begrüßte alle Darsteller und sagte zu Graff: „Der Donner kam Ihnen recht zupaß: Schwerlich wird diese Stelle jemals wieder mit dem Ausdruck gesprochen werden."

218. Unfreiwillige Einladung

Der Aufführung der „Braut von Messina" in Lauchstädt hatten auch etliche Hallenser, Jenenser und Leipziger Studenten beigewohnt, und als echte „Burschen" zogen sie am Abend vor Schillers Fenster und veranstalteten ein großes Hallo mit Gesang und Musik. So viele eben Platz hatten, zogen zu ihm auf die Stube, wo sich der derart vereinnahmte Dichter so studentisch benahm, daß einer der jungen Männer ihn zu einem Essen einlud, welches der betuchte Vater eines Kommilitonen in seinem Gartensaale ausrichtete.

Schiller – der soeben im Begriffe gewesen war, ins Bett zu gehen – lehnte zwar die Einladung zuerst ab, kam aber ins Zögern, als einer der Studenten als Deputationssprecher eine förmliche Einladungsrede hielt. Vielleicht hätte er sich noch geweigert, wenn nicht einige andere Studenten ihn umringt und ihm seine Kleidungsstücke wie Kammerdiener angereicht hätten. Das laute Gelächter Schillers brach den Bann, und hatte er zuvor noch gezögert, schlüpfte er schließlich in die hingehaltenen Kleider.

219. Karl Schiller als Statist

Da Goethes Sohn August bereits ein paar Male im Weimarer Nationaltheater hatte mitspielen dürfen, bat Karl eines Tages seinen Vater, auch einmal auf der Bühne mitwirken zu dürfen. Nach vielem Bitten gab Schiller endlich seine Erlaubnis, und so durfte Karl als Page in der „Braut von Messina“ auftreten.

Nachdem er seine Statistenrolle beendet hatte, ging er in vollem Kostüm in die Loge seines Vaters in der sicheren Erwartung, für seine Leistung nun ein Lob zu bekommen. Schiller jedoch zeigte sich völlig unerbittlich: Er tadelte Karl, er habe viel zu große Schritte gemacht und seinem Vordermann immer in die Fersen getreten.

220. Der poetische Chirurg

Hatte Schiller noch bei der Hauptprobe des „Wilhelm Tell“ im März 1804 geglaubt, die Premiere werde weniger Zeit beanspruchen, so war er nach der Aufführung zutiefst enttäuscht, denn diese dauerte sogar noch deutlich länger als die Probe. Noch am selben Abend nahm er das Manuskript zur Hand, um zu streichen, entfernte wie ein Chirurg Wurmfortsätze, Mandeln, Grützbeutel und andere ihm überflüssig erscheinende Teile seines „Tell“.

Wenn es seine eigenen Stücke betraf, war Schiller schonungslos; man hätte ihm schier in den Arm fallen müssen, um solch poetische Chirurgie zu verhindern.

221. Der letzte Neujahrstag

Am Morgen des Neujahrstages 1805 schrieb Goethe für Schiller ein Gratulationsbillett. Als er es noch einmal durchlas, stellte er fest, daß er, ohne es zu wollen, darin die Wendung „der letzte Neujahrstag“ benutzt hatte statt „der erneute“, „der wiedergekehrte“ oder Ähnliches. Irritiert zerriß er es und verfaßte ein neues.

Als er am Nachmittag Frau von Stein besuchte, erzählte er ihr, was er unbewußt hingeschrieben habe, und nahm es als gewisse Ahnung, daß entweder er oder der Freund in diesem Jahre sterben werde. Schiller, der das korrigierte Billett erhielt, erfuhr verständlicherweise nichts.

222. Rücksichtnahme

Ende Januar 1805 wurden Goethe und Schiller nahezu gleichzeitig schwer krank. Der junge Heinrich Voß hielt bei beiden gelegentlich Krankenwache, häufiger jedoch bei Schiller, denn gegenüber diesem war – wie er schrieb – seine Liebe größer als seine Ehrfurcht, während sich gegenüber Goethe Liebe und Ehrfurcht die Waage hielten.

Auch zeigte sich Schiller als ein weitaus sanftmütigerer Kranker, was an folgender Begebenheit deutlich wird: Als Voß am 12.Februar gegen halb zehn abends zur Krankenwache erschien, war Schiller ziemlich elend und entkräftet, da er seit vier Tagen nichts gegessen hatte. Sein Bauch schmerzte, da er von Blähungen aufgetrieben war und der Kranke gleichzeitig unter Verstopfung litt. Die Nachricht,

Goethe gehe es etwas besser, tat ihm trotz seines Zustandes sichtbar wohl. Bis zwölf war auch Charlotte im Krankenzimmer, dann aber wurde Schiller plötzlich unruhig und drängte sie, zu Bett zu gehen. Kaum war sie aus dem Zimmer und außer Hörweite, sank er Voß wie leblos in die Arme und fiel in eine tiefe Ohnmacht, die er deswegen so lange hinausgezögert hatte, weil er seiner Frau den Schrecken ersparen wollte.

223. Dem Tode nahe

Wenige Tage vor seinem Tode erzählte Schiller seiner Frau, daß er in jener schweren Ohnmacht im Februar geglaubt habe, tot zu sein, in Dunkel eingehüllt allein vor Gott zu stehen und für sein Leben Rechenschaft ablegen zu müssen. Nur Vossens liebevolle Fürsorge und seine Gestalt, die er über sich gebeugt wahrgenommen habe, hätten ihn schließlich davon überzeugt, sich noch im Erdenleben zu befinden.

224. Letzte Stunden

Anfang Mai 1805 begann Schillers letzte Krankheit in Form eines Lungenkatarrhs, wie er ihn schon oft durchlitten hatte. Fieberschübe und ärztliche Linderungsversuche wechselten mit Momenten, in denen der Kranke Überlegungen zum „Demetrius“, seinem unvollendeten letzten Drama, und zu den Wirkungen des Tragischen auf den Menschen allgemein anstellte. Bis zum Abend des achten Mai blieb sein Zustand schwankend. Auf die Frage der Schwägerin Caroline, wie es ihm gehe, sprach er die vielsagenden Worte: „Immer besser, immer heiterer“, und am Morgen des Neunten wurde er besinnungslos, gab nur noch unzusammenhängende Worte von sich, meistens Latein.

Der Arzt verordnete ein Bad und im Anschluß daran ein Glas Champagner, um die nachlassenden Kräfte zu stimulieren. Das Bad ließ er unwillig, aber geduldig über sich ergehen, der Champagner sollte sein letzter Trank werden.

Gegen drei Uhr nachmittags begann der Atem zu stocken, und es trat ein Zustand völliger Schwäche ein. Dann sank sein Kopf zurück, seine Gesichtszüge veränderten sich in die eines sanft Schlafenden. Ein letztes Wort hat er nicht gesprochen, wohl aber seiner Charlotte, die die ganze Zeit an seinem Bett kniete, noch die Hand gedrückt.

225. Begräbnis

Schillers Leichnam, der eigentlich am Sonntag, dem 12.Mai, hatte bestattet werden sollen, mußte früher begraben werden, da er zu schnell in Verwesung überging. So trug man den Sarg nach alter Weimarer Sitte zu Grabe: in der Nacht von Sonnabend auf Sonntag, zwischen zwölf und ein Uhr.

Nach Schillers eigener Anordnung trugen Handwerker den Sarg, doch mehrere junge Gelehrte und Künstler – unter ihnen Voß und der Maler Jagemann – ließen es sich nicht nehmen, dem verehrten Dichter noch im Tode ihre Liebe und Achtung zu beweisen, und übernahmen dieses letzte Amt. Eine dunkle Wolkendecke lastete über dem Kirchhof, ein Sturmwind heulte schaurig durch die Grabgewölbe. Als der

Sarg an der Gruft abgestellt wurde, riß die Wolkendecke plötzlich auf, der Mond warf seine Strahlen auf den Sarg mit Schillers sterblichen Überresten und verschwand erst wieder hinter den Wolken, nachdem der Sarg in die Gruft gebracht worden war.

VERSTREUTES

226. De mortuis nihil nisi bene

Bei seiner Reise nach Schwaben im Herbst 1793 traf es sich, daß Schiller Zeuge des Leichenzuges seines alten Peinigers Karl Eugen wurde. Mit ungeheucheltar Teilnahme und Tränen in den Augen sagte er mehr zu sich als zu der anwesenden Familie: „Ach Gott, nun ist er auch dahin. Ich habe ihm doch vieles zu danken."

227. Übermütig

Auf eine Einladung des Freundes hin wohnte Schiller im September 1785 im Weinberghäuschen Körners in Loschwitz an der Elbe. Bei einem denkwürdigen Frühstück, an dem außer dem Dichter die jung vermählten Minna und Christian Gottfried Körner sowie Minnas Schwester Doris teilnahmen, war Schiller in so ausgelassener Stimmung, daß er beim Anstoßen Minnas Glas zerbrach und sich der Rotwein über das extra zu seinen Ehren frisch aufgelegte Damasttischtuch ergoß.

Ohne Verständnis für den Schreck der jungen Hausfrau über die kaum zu entfernenden Flecken rief Schiller: „Ein Trankopfer für die Götter! Gießen wir unsere Gläser aus!" Sprach's und schüttete seinen Wein über das Tischtuch. Körner und Doris folgten seinem Beispiel, worauf Schiller die leeren Gläser nahm und sie über die Gartenmauer auf das Straßenpflaster warf, daß sie in tausend Stücke zersprangen. „Nie wollen wir uns trennen", rief er leidenschaftlich, „sei uns ein gemeinsamer Untergang beschieden!“

Minna Körner jedoch, deren Schreck von Anfang an nicht der schlechten Vorbedeutung des zerbrochenen Glases, sondern der schlechten Entfernbarkeit der Rotweinflecken gegolten hatte, fuhr nach dem Frühstück in die Stadt, um bei einem Goldschmied vier silberne Becher zu kaufen, in die sie die Initialen S., K., M. und D. eingravieren ließ. Am Ende hatte Schiller doch noch ein Einsehen mit dem Problem der jungen Hausfrau: Er ließ seinen Silberbecher bei den Körners zurück, um – wie er sagte – bei seiner Wiederkehr mit den Freunden anstoßen zu können, ohne neuerlichen Schaden anzurichten.

228. Schüchtern

Der Weimarer Schauspieler Anton Genast, der Goethe wie Schiller gut kannte, verglich deren Auftreten in der Öffentlichkeit anläßlich einer Erholungsreise Schillers nach Lauchstädt, wo auch Goethe regelmäßig verkehrte. Obwohl er wesentlich umschwärmter gewesen sei, habe er sich der turbulenten Menge gegenüber eher ängstlich gezeigt. Ehrenbezeigungen, von Goethe als Selbstverständlichkeiten hingenommen, seien ihm unheimlich erschienen und hätten ihn verängstigt, und während Goethe stets wie ein König durch das Publikum geschritten sei, das hocherhobene Haupt nur gelegentlich leicht zum Gruße neigend, sei Schiller meist mit gesenktem Kopf durch die Massen gegangen, wobei er jedem, der ihn grüßte, ganz freundlich gedankt habe.

229. Wie Schiller zu seiner Nase kam

Schillers leicht gebogene und große Nase ist auf vielen Bildern der Zeit gut zu sehen. War er in aufgeräumter Stimmung, erklärte er jedem, der ihn danach fragte: „Meine Nase habe ich selbst gemacht. Von Natur aus ist sie eigentlich kurz gewesen, in den Jahren auf der Militärakademie habe ich aber so lange daran gezogen, bis sie eine Spitze bekommen hat."

230. Die eigenen Bücher besitzt man nicht

Der Pfarrer Karl Christian Förster besuchte in Jena häufig Schillers Vorlesungen. Als er ihn eines Tages fragte, ob er ihm ein Exemplar der Erstausgabe seiner „Räuber" leihen könne, bekam er die schwäbelnde Antwort: „Beschter Freund, Sie müsse von keinem Autor eines seiner Werke leihen wolle. Mit sehr vielen Büchern kann man dienen, aber von seinen eigenen hat man nicht eines auf dem Brett behalten."

231. Das Theater als Kanzel

Mit Caroline von Wolzogen sprach Schiller oft darüber, daß er gerne die Leitung eines größeren Theaters übernähme, und dieses würde er dann ganz nach seinen Vorstellungen einrichten.

„Was reizt dich an der Idee so, lieber Schwager?" fragte Caroline.

„Die Bildung und ästhetische Erziehung der Menschen, deren Verhältnisse und Lebensformen durch einen verfeinerten Schönheitssinn unzweifelhaft verbessert würden. Die Gewalt der Rede kann sich nur im Theater oder auf der Kanzel ganz entfalten, und in meinem Sinne sollte das erstere immer dem letzteren gleichen, die Menschen erheben, ihren Egoismus auflösen und das ganze Dasein in eine geistige Sphäre überführen."

232. Der Freigeisterei verdächtigt

Über Lessings „Nathan" gerieten Schiller und der Hofprediger Pfranger aus Meiningen in Streit.

„Dieses Drama", so Pfranger, „ist tendenziös: Es setzt die christliche Kirche zugunsten eines in ihm verherrlichten Judentums herab."

Schiller wollte eine solch einseitige Sicht nicht gelten lassen und verteidigte den „Nathan" heftig. Das wiederum reizte Pfranger zu dem Vorwurf: „Sie sind wohl auch einer der jetzt überhandnehmenden Freigeister, die nichts für so überflüssig halten wie die christliche Kirche." „Durchaus nicht, mein Bester, ich ärgere mich aber darüber, daß sich so viele Christen so wenig aus ihrer Kirche machen, während die Juden in ihren Synagogen eifrig den Sabbath feiern."

Ein anderes Mal sagte er, jeder Geistliche müsse eigentlich so viele medizinische Kenntnisse erwerben, daß er sich nicht nur um das seelische, sondern auch um das körperliche Wohl seiner Schäfchen kümmern könne.

233. Über Schillers Heirat

Während zahlreiche Zeitgenossen recht unfeine Überlegungen darüber anstellten, wieso Schiller nicht nur im Hause der chère mère Lengefeld verkehrte, sondern auch außerhalb desselben häufig mit beiden Töchtern, Caroline und Charlotte, zu sehen war, scheinbar nicht wissend, welche er denn nun ehelichen sollte – so daß das Gerücht einer ménage à trois nicht verstummen wollte –, sah Göschen, der Buchhändler und lebenslange Verleger Schillers, die bevorstehende Heirat mit Charlotte aus einem ganz anderen Blickwinkel. In einem Brief an Wieland schrieb er: „Mir däucht, in Absicht dieses Glükkes liegen die Würfel auf dem Tisch. Entweder führt der neue Stand Schillern zur Stetigkeit und Ordnung, oder die neuen Sorgen der verdoppelten Bedürfnisse des Lebens drücken ihn zu Boden."

234. Der Familienvater

Zeitlebens hatte Schiller ein inniges Verhältnis zu seinen Kindern, was sich in vielen Situationen des häuslichen Lebens zeigte. So spielte er mit seinem Sohn Karl, als dieser noch klein war, am liebsten „Löwe und Hund", wobei beide wechselweise die Rollen tauschten und knurrend auf allen Vieren im Zimmer herumkrochen.

Saß die Familie bei Tische zusammen, plazierte er sich zwischen zwei der Kinder, war zärtlich zu ihnen und spaßte mit ihnen herum.

Umgekehrt hatten ihn auch die Kinder sehr lieb. Kam eines von ihnen in sein Arbeitszimmer, kletterte es zu ihm hinauf, um ihn zu küssen, was die Kleinen erhebliche Mühe kostete, denn Schiller war sehr groß und erleichterte es den Kindern von sich aus nicht, an seinen Mund zu kommen.

235. Väterliche Sorge

Der Dichter Johann Gottfried Seume berichtet, Schiller habe es aus hausväterlicher Sorge in einem Freundeskreis in Kursachsen nicht länger ausgehalten und sei schnurstracks nach Weimar zurückgereist. Als Seume ihn dort einige Wochen später besucht habe, sei er ihm, seine kleine Tochter Karoline auf dem Arm, mit den Worten entgegengekommen: „Sehen Sie, das ist das kleine närrische Geschöpf, das mich nicht ruhig bei Ihnen lassen wollte." Und als ob sie dies bestätigen wollte, schmiegte sich die Kleine fest an seinen Hals.

236. Hofrat

Nachdem der Weimarer Herzog Karl August Schiller 1790 den Titel eines Hofrats verliehen hatte, bemerkte dieser im Freundeskreis: „Ich bin seit einigen Tagen um eine Silbe gewachsen."

237. Adelsdiplom

Der Herzog von Weimar, der Schiller sehr zugetan war, erwirkte im November 1802 vom Wiener Hof die Ausstellung eines Adelsdiploms für den Dichter.

Diesem war – wie er einem Briefe schreibt – persönlich „die Sache ziemlich gleichgültig", doch war damit immerhin das Problem gelöst, daß Caroline von Wolzogen, die Schwester seiner Frau, bei Hofe verkehren durfte, Lotte jedoch nicht. Er freute sich einfach, daß die Ungleichbehandlung zweier Schwestern, die „etwas Unschickliches“ an sich hatte, nun zu Ende war.

238. Bescheidenheit

Einige Freundinnen aus dem Kreis um Minna Körner wollten Schiller einen Siegelring verehren. Der tiefrote Karneol, welcher das Konterfei des Dichters trug, wurde in einen Goldring gefaßt und ihm bei einem neuerlichen Besuch in Loschwitz überreicht. Schiller nahm das Geschenk mit großer Freude entgegen, zog jedoch bei seinem Abschied Körner beiseite: „Bewahre doch du den Ring als Andenken auf; ich kann unmöglich Briefe mit meinem lorbeerumkränzten Kopf siegeln.“

239. Wo ist Dannecker?

Bei seiner Reise nach Schwaben schickte Schiller im März 1794 zu dem Bildhauer Dannecker, den er noch aus ihrer gemeinsamen Zeit an der Militärakademie kannte, und ließ ihn fragen, ob er eine Büste von ihm anfertigen könne. Er sei sehr krank und habe nicht mehr lange zu leben.

Dannecker ging sofort zu dem Freund, traf aber zuerst nur auf Schillers Frau. Sie eilte ins Nebenzimmer, um ihrem Mann Bescheid zu sagen. Wenige Augenblicke später betrat Schiller den Raum mit den Worten: „Wo ist er? Wo ist Dannecker?“

Der Ausdruck von Begeisterung, Liebe und Hoffnung, der bei diesen Sätzen sein Gesicht erfüllte, war es, den der Bildhauer gerne festgehalten hätte. Um das zu bewerkstelligen, schlug er vor: „Laß uns für die Sitzungen, bei denen ich dich modelliere, ein paar deiner besten alten Freunde einladen – ich bin sicher, daß die Unterhaltung mit ihnen dich deinen Gesichtsausdruck beibehalten läßt.“ Schiller stimmte überrascht zu, und so entstand jene Büste, nach deren Erhalt er an seinen Freund schrieb: „Ganze Stunden könnte ich davor stehen und würde immer wieder neue Schönheiten aus dieser Arbeit entdecken.“

Goethe und Schiller Denkmal vor dem
Deutschen Nationaltheater in Weimer

QUELLEN

Goethe-Anekdoten

(<...> bezeichnet die Nummern der Anekdoten.)

Abeken, B. R., Goethe in meinem Leben, Weimar 1904 <22, 66>.

Abendblatt z. Neuen Münchener Zeitg. Nr. 245, 19. 6. 1858 <143>.

Anschütz, H., Erinnerungen aus dessen Leben und Wirken, Wien 1866 <79>.

Arndts Werke, Fünfter Teil, Berlin/Leipzig/Wien/Stuttgart o. J., <101, 108>.

Arnim, Bettina von, Werke. Bd. 1, Berlin und Weimar 1986 <1, 4, 121>.

Arnim, Bettina von, Sämtliche Werke, Berlin 1920–1922 <2, 6, 28, 33, 112>.

Berend, E., Die Briefe Jean Pauls, München 1922 <81>.

Biedermann, F. v./Herwig, W. (Hg.), Goethes Gespräche, Zürich/Stuttgart 1965–1984 <38, 72, 76, 78, 99, 128, 135, 151>.

Biedermann, W. v., Goethe und Dresden, Berlin 1875 <114>.

Bierbaum, O. J., Goethe-Kalender auf das Jahr 1911 <71, 103>.

Bissing, H. v., Das Leben der Dichterin Amalie von Helvig, geb. Freiin von Imhoff, Berlin 1889 <83>.

Bode, W., Der fröhliche Goethe, Berlin 1912 <70>.

Bode, W. / Otto, R., / Wenzlaff, P.-G. (Hg.), Goethe in vertraulichen Briefen s. Zeitgenossen, Berlin/Weimar 1979 <76>.

Carus, K. G., Lebenserinnerungen und Denkwürdigkeiten, Leipzig 1865 <125>.

Deutsche Rundschau, Bd. 182, Berlin 1920 <75>.

Dietze, W. u. A. (Hg.), Treffliche Wirkungen, Anekdoten von und über Goethe, Berlin/Weimar 1987 <1–55, 57–152>.

Diezmann, A., Goethe und die lustige Zeit in Weimar, Leipzig 1857 <30>.

Döring, H. (Hg.), Schiller und Goethe, Leipzig 1852, <105>.

Dohm, E. / Rodenberg, J. (Hg.), Der Salon für Literatur, Kunst und Gesellschaft, Bd. 3, Leipzig 1869 <145>.

Eckermann, J. P., Gespräche mit Goethe, Berlin/Weimar 1982 <95, 98, 115, 116, 137, 149>.

Escher, K. (Hg.), Die Lustigen von Weimar, Goethe-Anekdoten, Berlin-Lichterfelde 1925 <123, 134, 136>.

Falk, J., Goethe aus näherm persönlichen Umgang dargestellt, Leipzig 1832 <31, 35, 54, 109, 120>.

Fischer-Lamberg, H. / Grumach, R. (Hg.), Der junge Goethe, Berlin/New York 1963–1973 <10>.

Fliegende Blätter, Bd. 27, München 1871 <39>.

Frankfurter Konversationsblatt Nr. 263, 23. 9. 1847 <28>.

Frommann, F. J., Das Frommannsche Haus und seine Freunde, Jena 1872 <138>.

Gartenlaube, Die, Jahrgang 1864 <17>.

Genast, E., Aus dem Tagebuche eines alten Schauspielers, Leipzig 1862 <58, 86, 111, 150>.

Goethe, J. W. von, Poetische Werke, Berlin 1960–1978 <3, 5, 7, 8, 9, 12, 13, 16, 18–20, 23, 25, 26, 43–51, 65, 90, 93>.

Goethes Sämtliche Werke, München/Berlin 1909–1937, <106>.

Goethes und Zelters Briefwechsel, hg. v. M. Hecker, Frankfurt a. M. 1913–1918 <130>.

Gotthardi, W. G. (d. i. M. W. G. Müller), Weimarische Theaterbilder aus Goethes Zeit Bd. 1, Jena/Leipzig 1865 <88>.

Gräf, H. G. (Hg.), Goethe und Schiller in Briefen von Heinrich Voß d. J., Leipzig 1896 <43, 59, 84, 131>.

Grillparzers Sämtliche Werke, Bd. 12, Leipzig o. J. <69>.

Grumach, E. u. R. (Hg.), Goethe, Begegnungen und Gespräche, Berlin 1965ff. <24, 30, 32, 34, 42, 77>.

Heimat, Die, Ill. Familienblatt, 7. Jg. 1882, Bd. 2 <149>.

Heine, M., Erinnerungen an Heinrich Heine und seine Familie, Berlin 1868 <88>.

Hölderlin, F., Sämtliche Werke u. Briefe, Berlin/Weimar 1970 <80>.

Holtei, K. v., Vierzig Jahre. Bd. 5, Breslau 1845 <64, 73, 140, 142>.

Houben, H. (Hg.), Damals in Weimar! Erinnerungen und Briefe von und an Johanna Schopenhauer, Leipzig 1924 <97, 118>.

Jahrbuch der Goethe-Gesellschaft, Bd. 11/1925 <57, 62>.

Jugend, Nr. 35, 26. 8. 1899 <40>.

Jung, Johann Heinrich, Heinrich Stillings Wanderschaft, Berlin und Leipzig 1778 <27>.

Kletke, H. (Hg.), Kunst und Leben, Berlin 1873 <152>.

Kobbe, Th., Humoristische Erinnerungen, Bremen 1840 <104>.

Kretschman, L. v. (Hg.), Aus Goethes Freundeskreise, Braunschweig 1892 <139>.

Kügelgen, W. v., Jugenderinnerungen eines alten Mannes, München/Berlin 1994 <102>.

Laube, H., Moderne Charakteristiken, Mannheim 1835 <55>.

Lehmann, K. / Hannsen, H. (Hg.), Festschrift zur Einweihung des Goethetheaters in Bad Lauchstädt 1908 <82, 122>.

Lewinsky, J. v. (Hg.), Vor den Culissen, Berlin 1882 <60>.

Ludecus, W., Aus Goethes Leben, Leipzig 1849 <89>.

Lobe, J. Ch., Aus dem Leben eines Musikers, Leipzig 1859 <124>.

Matthisson, F. v., Schriften, Zürich 1825 <36>.

Montgomery-Silfverstolpe, M., Das romantische Deutschland, Leipzig 1913 <121>.

Müller, F. v., Unterhaltungen mit Goethe, Weimar 1982 <53, 100>.

Müller, K. W., Goethes letzte literarische Tätigkeit, Jena 1832 <149, 152>.

Nachträge zu Shakespeares Werken, übersetzt von E. Ortlepp, Bd. 1, Stuttgart 1840 <147>.

Oelenschläger, A., Meine Lebenserinnerungen, Leipzig 1850 <29, 61, 63>.

Parthey, G. von, Jugenderinnerungen, Berlin 1907 <11>.

Rabe, A. (d. i. A. Ludwig), Schnaken, der Schnurren zweiter Teil, Weimar 1904 <32>.

Riemer, F. W., Mitteilungen über Goethe, Berlin 1841 <37, 96, 107, 130>.

Roquette, O., Friedrich Preller, Ein Lebensbild, Frankfurt a. M. 1883 <151>.

Schmidt, E. (Hg.), Caroline, Briefe aus der Frühromantik, Leipzig 1913 <56>.

Schöll, A. (Hg.), Carl-August-Büchlein, Weimar 1857 <30, 40>.

Schopenhauer, A., Von ihm, über ihn, Berlin 1863 <127>.

Schröer, K. J. (Hg.), Faust von Goethe, Heilbronn 1886 <148>.

Schwanenfeld, F. v., Aus den Denkwürdigkeiten eines alten Soldaten, Breslau 1862 <113>.

Sckell, K. A. Ch., Goethe in Dornburg, Jena/Leipzig 1864 <146>.

Soret, F., Zehn Jahre bei Goethe, Leipzig 1929 <133, 144, 149>.

Stahr, A., Weimar und Jena, Oldenburg/Leipzig 1892 <119>.
Varnhagen v. Ense, K. A., Denkwürdigkeiten und vermischte Schriften, Bd. 1, Mannheim 1837 <117>.
Vossische Zeitung, 15. 5. 1927, Unterhaltungsbl. Nr. 113 <110>.
Weber, E. W., Zur Geschichte des Weimarischen Theaters, Weimar 1865 <87>.
Weltstimmen, Weltbücher in Umrissen, Bd. 6, Stuttgart 1932 <21>.
Wolzogen, C., Schillers Leben, Stuttgart/Tübingen 1830 <68>.
Wickede, J. v., Aus alten Tagebüchern, Jena 1868 <94>.
Zellweker, E., Goethe in der Anekdote, Wien 1947 <52, 74, 129, 140>.
Zentner, K., Dreimal zwölf und dreizehn, München 1976 <41, 60, 67, 132>.

Schiller-Anekdoten

Schillers Werke. Nationalausgabe. Begründet v. Julius Petersen. Hrsg. v. Lieselotte Blumenthal u. Benno von Wiese. 42.Band. Schillers Gespräche. Weimar: Hermann Böhlaus Nachf. 1967.
Schillers Persönlichkeit. Urtheile der Zeitgenossen und Documente gesammelt von Max Hecker und Julius Petersen. Drei Bände in einem Band. Hildesheim/New York: Olms 1976 [Nachdruck der Erstausgabe v. 1904 (1.Teil), 1908 (2.Teil), 1909 (3.Teil)].
Klaus L. Berghahn (Hrsg.), Briefwechsel zwischen Schiller und Körner. Herausgegeben, ausgewählt und kommentiert von Klaus L.Berghahn. München: Winkler 1973.
Friedrich Burschell, Friedrich Schiller in Selbstzeugnissen und Bilddokumenten. Hamburg: Rowohlt 1958.
Walter Hoyer (Hrsg.), Schillers Leben dokumentarisch in Briefen, zeitgenössischen Berichten und Bildern. Köln/ Berlin: Kiepenheuer & Witsch 1967.
Thomas Mann, Versuch über Schiller. Zum 150.Todestag des Dichters – seinem Andenken in Liebe gewidmet.
In: Th.M., Das essayistische Werk. Taschenbuchausgabe in 8 Bden. Hrsg.v. Hans Bürgin. Schriften zur Literatur, Kunst und Philosophie, 3.Bd. Frankfurt: Fischer 1968, S.312–374.
Andreas Siekmann, Friedrich Schiller privat. Lebensstationen in Tagebuchaufzeichnungen. Hrsg.v. Friedrich Wilhelm Dildolf u. Gert-Heribert Kraftmeister. Winsen/ Weimar: Hans Boldt Verlag 1993.
Gero von Wilpert, Schiller-Chronik. Sein Leben und Schaffen. Stuttgart: Kröner 1958.
Bernhard Zeller/Walter Scheffler (Hrsg.), Schiller. Leben und Werk in Daten und Bildern. Frankfurt/M.: Insel
1977.